W0242817

UN AMOUR
DE FAMILLE

JENNIFER, MARGAUX ET PASCALE
DE FOUCHIER

UN AMOUR DE FAMILLE

BERNARD GRASSET
PARIS

Photo de la bande : Archives de Fouchier.

ISBN 978-2-246-83357-4

Tous droits de traduction, de reproduction et d'adaptation réservés pour tous pays.

© *Éditions Grasset & Fasquelle, 2025.*

À nos enfants

GENÈSE

Papa : Père anxieux et sensible. Profondément gentil, ses colères sont pourtant nombreuses et puissantes. Sa générosité, à hauteur de sa grande intelligence, l'exempte de toute critique. Passionné et passionnant, danse le rock avec souplesse, aime la photo, le thé tiède, le dessin, et son jardin. Il ne sait pas dire combien il aime autrement qu'en le hurlant furieusement. Il rêve, il espère, nous demande de faire mieux que lui. Il conclut un dîner heureux par une aquavit frappée ou une orange amère, et sifflote sa décontraction jusqu'à extinction des feux.

Quand il nous appelle Calinette, Jolie Fleur et Margaux-Chérie, nous entendons l'infinie tendresse dont il est capable. Ses obsessions culinaires pour le gigot menthe, les petits pois-carottes et le poulet des familles le rendent attendrissant. Il vit simplement et cela lui convient, l'ostentatoire l'effraie. Il lit L'Express, *remplit méticuleusement des carnets entiers de son écriture précise et distinguée. Il aime les siestes et les crêpes dentelle. Rien ne lui échappe et, timide, il accueille pudiquement les confidences des autres. Son exigence et son impulsivité le rendent effrayant, et malgré la peur de son jugement sans équivoque, nous l'adorons.*

Maman : Mère joyeuse, douce et joliment piquée. Elle est belle, grande, blonde comme les blés de son Ohio natal. Elle n'a peur de rien. Son rire vient de loin et la suit partout où elle va. Elle aime sa clarinette et son piano, et les surprises. Elle laisse des petits mots cachés et un soupçon de magie sur son passage. Elle excelle en cuisine et porte officiellement le titre de Cordon Bleu. Elle se régale, quand elle le peut, en recevant famille et amis autour de sa table qu'elle veut pensée avec soin. Le mot non n'existe pas dans son vocabulaire, mais une multitude de franglicismes expriment avec charme ce qui lui passe par la tête. Elle danse sur Eurythmics, The Police et Cock Robin aussi bien que sur Céline Dion ou Elton John.

Elle épargne sa peau douce comme de la soie du maquillage, ne s'aimant qu'au naturel. Joueuse, elle nous entraîne dans un quotidien un peu fou et singulièrement poétique. Elle passe des heures à décortiquer araignées et autres crustacés, assise face à la mer. Elle nous endort en nous grattant le dos au rythme d'histoires de son passé à dormir debout. Il fait bon être dans son aura, et c'est vers sa chaleur lumineuse, toujours, que nous nous tournons.

SŒUR

Jennifer

Nous sommes trois sœurs.

Nous avons, en proue de navire, Pascale, de quatre ans mon aînée, à la fois solide et sensible comme une boussole, et puis Margaux, la petite dernière, être ardemment désiré par nous tous, notre merveille nationale, à la voile gonflée d'amour et d'admiration. Je suis, moi, la passerelle, l'entre-deux, apprentie moussaillon. La cadette. Pour nous, les cadets, notre mission est de ne pas faire trop de vagues. Si nous nous sentons libérés du poids du devoir d'aînesse, notre apparente désinvolture n'est qu'une parade ; en réalité on souffre en silence de ne pas être élus capitaine, ne serait-ce qu'un jour, et d'être simplement cantonnés au rôle de relayeurs, de passe-moi le beurre s'il te plaît. Si aujourd'hui j'en vois toute la beauté, le chemin vers la lumière n'en fut pas moins sinueux. Finalement, l'enjeu du bonheur, n'est-ce pas de trouver sa place dans la communauté, de s'y sentir bien, respecté, apprécié, vu ?

Nos liens se tissent : des nœuds, de l'espace, un système. Un schéma se dessine au fil du temps et s'impose à chaque événement. Avec de la distance, on pourrait y voir un cœur ou le portrait de notre sororité. Nous sommes proches, avec mes sœurs. Il ne me viendrait pas à l'idée de ne pas m'entendre avec elles. Il y a des désaccords, certes. Cependant, l'avantage d'avoir un parent colérique mais aimant fait que nous sommes plus courageuses face à nos vérités propres.

J'ai grandi avec Pascale, nous avons plus ou moins reçu la même éducation, les mêmes beignes et remontrances. Papa semble pourtant tout lui passer.

Âme délicate et boudeuse, Pascale aurait sûrement préféré que je ne naisse jamais. J'aime lui chiper ses fringues, et taquiner sa moue. Elle aime m'envoyer balader. Je fais l'andouille, elle est sérieuse, parfois sévère. Plus tard, l'été, elle tolérera ma présence à ses côtés afin que nous puissions affronter ensemble notre timidité maladive et ne pas mourir d'ennui… Elle aime le beau, la qualité, le luxe. On la surnomme Hermès. J'attends son approbation avec impatience. Elle mange trop peu et je m'inquiète pour elle. C'est ma grande sœur. Ensemble, nous avons vu nos parents s'aimer, se déchirer et s'aimer à nouveau. À ses côtés je me sens plus solide, elle est mon rempart. Ma soeur. Elle aime me détester mais je sais qu'elle m'adore. Malgré nos différences de caractère, nous appartenons à la même souche, au même cœur.

Avec Margaux, c'est différent. Bien que Margaux et Pascale se ressemblent de traits, Margaux et moi avons le même tempérament. Ce qui nous lie c'est la connivence, une forme de complicité joyeuse. L'envie de faire des bêtises ensemble, de rire aux mêmes blagues. Elle cache mes lunettes et me laisse les chercher sans rien dire, je lui fais croire que Jean-Jacques Goldman, qu'on écoute en boucle, est de la famille. Avec Margaux, un lien implicite, tel qu'on les retrouve chez les jumeaux. Mais pas tout à fait. Elle est la réverbération de mon présent. Mais en plus brillant. Elle emboîte le pas là où je tâtonne.

Si, avec Margaux, Pascale est maternelle, moi je suis clown. Il faut dire que j'ai ce talent. Celui de faire du théâtre. C'est d'ailleurs là que je suis la plus heureuse, là, et seule sur l'eau.

Laurence Racine (sans blague) est ma prof de théâtre, et ensemble, avec les élèves de la troupe de Saint-Léon, derrière l'église du même nom et où je me rends tous les mercredis, nous montons des pièces de théâtre. Molière, Saint-Exupéry,

García Márquez… J'y trouve mon indépendance. Un moment d'évasion qui m'appartient et qui m'emmène loin de la maison, jusque dans le 15e s'il vous plaît ! C'est un moment que je chéris. Chaque semaine, je l'attends avec impatience. Je m'y retrouve souvent en rêve éveillé, anticipant les heures où je serai sur les planches, entourée de personnages improbables. Mon espace à moi, je le partage avec eux, les apprentis comédiens. D'une année à l'autre, les membres de la troupe vont et viennent et pendant un temps je suis la constante. J'aime ça. Je me sens entière. J'appartiens à un groupe que j'ai choisi, sans qu'il m'appartienne et sans lui appartenir totalement non plus, c'est la liberté absolue. Ensemble nous créons. Ensemble nous donnons vie à des histoires montées de toutes pièces. Ou pas. Une année, je prends le rôle de l'héroïne. Une autre, je suis seconde. Il n'y a pas de petits rôles, tant que je suis dans le jeu.

Et puis, c'est vrai, même si je n'ose pas l'avouer, j'aime que les parents assistent aux premières. Leur présence silencieuse, accompagnée parfois de Pascale, ne manque jamais de m'impressionner. Car rares sont les moments où ensemble, en famille, ils nous consacrent une heure de leur temps. Des deux, je suis l'enfant facile, dit-on, si facile qu'on m'oublierait presque, en réalité. Voire totalement. On n'a pas à s'occuper de moi. C'est pratique. Il est vrai que depuis toujours, d'aussi loin que je m'en souvienne, je dois mon tempérament calme au rapport exclusif que j'entretiens avec mon pouce. Le gauche, de préférence. Mon pouce, à l'image déformée tant et si bien que je dois lui trouver un alter ego, se voit menacé bien des fois, à coups de bandages ou de vernis à ongles au goût amer. Je lui reste cependant fidèle. Pourquoi me défaire de cette béquille infaillible ? Le pouce en bouche, j'ai des pouvoirs magiques sensationnels ; je me fonds dans le monde qui m'entoure, intégrant matière et lumière comme un trou noir. L'illusion veut que je me liquéfie en Barbapapa rose, luisant de bave et malléable à souhait, mais la réalité est que je ne suis déjà plus là.

Un soir, d'ailleurs, mes parents, occupés à recevoir des invités, finissent un peu tard, mais pas trop non plus, par se rappeler mon existence et, surtout, qu'il serait peut-être temps de me mettre au lit. Ils me cherchent. Partout. Je ne suis nulle part. Ni dans ma chambre ni dans celle de Pascale, qui non ne m'a pas vue ni ne sait où je peux bien être. Pourtant je sais à peine marcher. Seigneur, mais où est-elle ? On regarde dehors, dedans. Partout. Finalement, c'est lovée au chaud et encore vivante, Dieu merci, sous un tas de manteaux jetés, calme et en autarcie, que l'on me retrouve, le pouce en bouche comme seule bouteille d'oxygène. Oui, c'était bien là que maman m'avait laissée.

« Mais Kathy, tu es folle !

— Mais Philippe, regarde ! Elle est si mignonne. »

Papa admet qu'il y a des avantages à avoir une enfant si sage.

Plus tard, je suis sur les planches. Je suis le Petit Prince. Pas le serpent, pas la rose, le Petit Prince. Une histoire pour enfants et pas seulement. Pour la première, Pascale, cette année-là ne vient pas. Elle est occupée avec ses copines. Déception. Papa non plus ne vient pas. Un chantier quelque part le retient. Mais maman est là, elle, avec Margaux, à peine plus âgée que moi sous les manteaux.

Acte 3, scène 2. Le Petit Prince se fait mordre par la peluche de serpent. À mon cri joué, sincère et réaliste, se mêle celui d'un enfant perdu au milieu du public. Il faut croire que j'ai ce talent. Mais le cri se fait plus insistant que le mien et quelle n'est pas ma surprise de me voir nez à nez avec ma petite sœur venue à ma rescousse. *Qu'est-ce que tu fais là !?* Le public glousse d'attendrissement. Que c'est mignon, un enfant qui ne sait pas faire la distinction entre fiction et réalité. Que c'est chou de voir l'amour incarné, prêt à se jeter à corps perdu dans une bataille contre la mort. Quelle scène émouvante de voir une enfant prête à sacrifier sa pomme pour sauver sa sœur et la délivrer du mal.

L'Amour innocent, immense, inconditionnel, infini, brut, universel, tout est là, sur la scène et devant le regard ébloui des spectateurs. C'est un moment d'une beauté inouïe, venu s'immiscer là, presque par hasard, une pépite d'or qui brille de mille feux comme un soleil dans mon orbite.

Pour la première fois, ce jour-là nos destins s'entremêlent, tels deux serpents sur le sceptre d'Hermès. Le premier point à relier sur notre dessin numéroté. Toi, tu rayonnes de la joie pure des enfants habités par l'essentiel, et de la fierté d'avoir accompli un geste simple et formidable. Moi, je vrille et j'improvise, interrompue en plein vol, déjà partie, déjà loin. Je me relève et te raccompagne jusqu'à ton siège, toi, les étoiles dans les yeux, tu as sauvé ta sœur, moi, étourdie par la scène, je te passe le flambeau. Ce sera ma dernière pièce. Une page qui se tourne. Une petite mort. Je lance à maman un regard inquisiteur.

« Tu n'aurais pas pu la retenir ?

— Elle a eu si peur !

— Mais mon spectacle, maman, elle l'a carrément interrompu ! »

Des nœuds d'histoires qui nous lient toutes les trois, il y en a beaucoup. C'est notre héritage. Une chance inouïe. Un amour absolu, rare et d'une force jaillissante et incontrôlable, complexe et parfois compliqué. Un point de repère, une ancre. C'est la constellation que je préfère regarder, la nuit, scintiller devant mes yeux ébahis. Cet écrit, quoi qu'il en advienne, est la simple expression d'un amour universel, celui qui nous transcende et rend meilleur.

LA RENCONTRE

Pascale

Comme tous les matins des années collège, adossée contre la lourde porte de l'immeuble haussmannien dont mes parents occupaient le premier étage, et que nous surnommions le square, j'attends Agnès. Il ne fait pas encore jour et le trottoir est trempé d'une fine pluie matinale. Le fronton simplement sculpté qui protège l'entrée de notre hall n'en finit pas de goutter sur le bout de mes mocassins bleu marine. Il ne fait pas si froid que ça. La nuit se lève paresseusement, sous le poids d'un ciel bas et morne.

Ça me va, si le jour tarde à pointer, si je peux me fondre dans l'obscurité, passer inaperçue. Hier, papa est rentré avec sa nouvelle obsession, des blousons Patagonia pour maman, Jen et moi. Une espèce de Bombers innovants, hyper légers mais super-techniques, aux couleurs flamboyantes, pour amateurs de grande montagne et de grand froid : une polaire ultra-fine mais ultra-chaude double une coque en nylon fluide, imperméable et hermétique, une bande élastique toute douce enserre les poignets et les hanches, et le col se zippe jusqu'aux oreilles…

C'est un bel objet, nous affirme-t-il. Je suis sceptique, moi je trouve ça vraiment laid. Mais il est tellement content de sa trouvaille, tellement content d'avoir pu nous en offrir un chacune. Il faut les passer immédiatement. Les trouver vraiment super-confortables et super-beaux. Mentir. Le mien est vert turquoise, intérieur bleu roi, rien que ça. Il faut le rassurer, *oui j'adore, merci papa.* Mentir encore. Il faudra aussi les porter sans attendre.

« Si. Il fait suffisamment froid », insiste-t-il.

Je n'ai pas besoin d'être au lendemain pour sentir l'embarras monter. Non, impossible, je ne peux pas porter ce truc vert satiné ringard. On va se foutre de ma gueule.

Donc oui, si le jour ne se levait pas, si l'obscurité engloutissait mon sillon, si je pouvais éviter d'être vue avec ce soi-disant *nec plus ultra* informe sur le dos, ça m'éviterait d'avoir à me sentir encore plus moche que d'habitude.

J'aurais pu être sincère et lui dire que je n'en voulais pas, de son manteau, que je voulais la même doudoune que les copines, j'aurais pu dire non merci papa, ça ne me va vraiment pas, je n'aime pas les couleurs ni la matière, ça me gratte, non merci, je préfère attendre quelque chose qui me plaît. J'aurais, alors, encore été la source de déception, et un travail de culpabilisation d'avoir osé gâcher son moment aurait commencé sans relâche.

« Merci merci papa, il est parfait. »

Sur le trottoir, en voyant Agnès arriver enfin à ma rencontre de son pas dynamique et joyeux, j'ai envie de disparaître.

Agnès et moi, on faisait déjà partie de la même ronde au spectacle de fin d'année de grande section de maternelle. Aujourd'hui on se connaît par cœur, et j'ai beau être son négatif, nous sommes inséparables.

Quand ses parents ont déménagé au bout du square où nous habitions, j'étais comme une dingue. Nous allions pouvoir faire les trajets vers et de l'école ensemble. Quarante minutes par jour à papoter, ricaner, critiquer, réviser, rêvasser, quarante minutes en plus des heures à monopoliser le téléphone de la maison, ou rivées sur le lit de l'une ou de l'autre à défaire et refaire le monde de nos douze ans.

« Tu as un nouveau blouson, ma grosse ? *(grosse : terme affectueux à dommage collatéral)*, lance-t-elle joyeusement.

— Horrible. Un cadeau de papa.

— N'empêche, ils sont trop cools tes parents ! »

La coolitude de mes parents revenait souvent sur le tapis de nos conversations, en comparaison avec la sévérité des siens. Agnès, comme toutes mes amies, adorait maman comme papa. « Si seulement je pouvais avoir des parents comme les tiens… Si seulement tu savais… »

Nos parents étaient différents.

Ça se voyait, ça se sentait. Moi ça me faisait souvent honte, cette différence dont je ne savais que faire, mais qui pourtant fascinait mes amies.

D'entre les cercles dont ils venaient chacun, et ceux qu'ils fréquentaient ensemble, on nous répétait inlassablement qu'ils dégageaient quelque chose d'unique, d'exceptionnel. Était-ce leur apparente décomplexion ? Leur union étonnante ? Leur superbe éclatant ?

Il faut le dire, nos parents étaient l'un et l'autre d'une beauté saisissante.

Elle délicatement splendide, lui insolemment ténébreux, ils rayonnaient et illuminaient leur passage d'une élégance solaire et naturelle.

Maman, toujours le sourire aux lèvres, avenante et à l'aise, finissait de faire craquer n'importe qui dès lors qu'elle se mettait à parler français. Son accent ajoutait une pointe d'exotisme qui faisait rêver.

Mes parents se sont rencontrés ailleurs, sur une autre terre, dans un autre ciel. L'histoire de leur rencontre les rendait encore plus remarquables, et avait le pouvoir de me rendre aussi spéciale qu'eux, lorsque je la racontais. Mes parents ne s'étaient pas rencontrés dans une fac de droit, en séminaire de boîte ou au mariage d'amis communs. Cela aurait été impossible : dix ans, une couche sociale et un océan les séparaient.

Non, mes parents s'étaient foudroyés l'un l'autre au-dessus de tout, au cœur d'un appareil de la flotte de la Eastern Airlines reliant New York à Miami.

Voilà.

Nos parents se sont rencontrés au septième ciel.

Rien que ça.

Jennifer

« Good afternoon ladies and gentlemen. My name is Marcy Bannor, Captain Davis and his crew are pleased to welcome you on board this Eastern Airlines 008 flight. We will be attending to your safety and comfort during this flight to Miami Airp… »

Nous sommes dans l'avion qui fait la navette entre New York et Miami. Ce n'est pas la Panam mais on s'en fout, la compagnie est similaire et les hôtesses de l'air devraient avoir reçu la mêmc formation pour le « Vous trouverez sous vos sièges des gilets de sauvetage », on ne sait jamais.

L'uniforme est moche, quoique bien taillé, et d'un bleu canard comme pour symboliser l'essence même du vol ; agile, rapide et direct. C'est l'époque des pantalons pattes d'eph' et des bobs. C'est une époque originale, quand on y pense. Mais ce qui donne un effet encore plus fou à ces looks de dingos, c'est que nous sommes aux États-Unis. Tout est plus-plus en Amérique. La taille des routes, des immeubles, la taille des sodas, tout se veut plus vaste, plus généreux. Les couleurs sont plus vives, aussi. Et la lumière. La lumière a cette qualité particulière qui n'appartient qu'à celle du Nouveau Monde. Cette lumière franche et pleine. Chaleureuse même. C'est pour cela que Philippe avait accepté d'accompagner Paul, un compère, lors de ce voyage organisé en amont d'un projet immobilier prévu en banlieue parisienne. Ils étaient venus s'inspirer des dernières tendances architecturales new-yorkaises, découvrir de nouveaux matériaux en vogue, bref se mettre à la page. Philippe aime ce pays et ce qu'il en émane de grand. Peut-être même que dans une autre vie il se serait vu y vivre. Les deux Frenchies ont donc passé quelques jours à New York avant de faire un saut rapide à Miami pour voir un édifice qui avait fait scandale dans le monde du bâtiment.

« À votre droite, la porte de secours… »

Paul, assis dans l'allée, déboutonne sa veste en velours côtelé et se met à l'aise. Sans réfléchir, loin du regard désapprobateur de sa femme, il remonte le col de sa veste et, par la même occasion, celui de sa chemise. Tant qu'à faire, il glisse son alliance dans la poche intérieure. Il n'y a pas à tergiverser, c'est un homme libre. Paul, notre petit promoteur bourgeois parisien, fait le cow-boy en Amérique.

Philippe, lui, est plongé dans le fascicule plastifié trouvé dans la pochette du siège avant et qu'il étudie avec intérêt. À vrai dire, il est plus intrigué par la qualité du trait grossier que par ce que les dessins communiquent. Il déteste le laid. Philippe est un artiste, un esthète. Il a l'œil et le goût pour le beau. Sans favoritisme aucun, il s'extasie devant une œuvre de Sonia Delaunay autant que devant la magie d'un paysage. « Mais regardez comme c'est beau ! » nous sommera-t-il plus tard. Jeune, Philippe se découvre dans le dessin et passe des heures à reproduire, appliqué, des tableaux qu'il observe au parc ou depuis le port de son enfance. Il a un trait unique, saccadé mais juste, appuyé, expressif mais contenu.

Enfant, il découvre avec délectation la magie de son coup de crayon et le pouvoir qui en découle. « Tiens, pour toi, Bonne Maman ! Un cheval aujourd'hui, un bateau demain. » L'émerveillement de sa grand-mère devant tant de talent lui donne la confiance qui lui manque, et lui rappelle d'où il vient : il tient bien de son grand-père, designer textile renommé. Un matin, gonflé à bloc, Philippe se lance à l'improviste dans l'étude du corps humain. Mais force est de constater qu'il est nul. Il doit recommencer quinze fois. C'est la catastrophe. Son dessin est ruiné. Il balance sa mallette de gouaches de toutes ses forces contre la fenêtre qui vole en éclats. Vexé de son incompétence, il évitera par la suite d'intégrer toute forme humaine dans ses dessins.

Aujourd'hui, même si Philippe ne dessine plus de manèges sans personne dessus, il pourrait dessiner des trains, car sur les conseils imposés de son père, Philippe est ingénieur. Les Beaux-Arts, c'est bien, mais il faudrait quand même que ses croquis servent à quelque chose. Aussi a-t-il toujours dans sa poche et aux doigts, non pas une alliance, mais un feutre noir, parfois rouge.

« En cas de dépressurisation de l'appareil… »

Philippe n'écoute pas. Il s'en fout. Il a déjà suffisamment pris d'avions dans sa vie de jeune trentenaire privilégié pour connaître les protocoles de supposée sécurité. Il sait qu'en cas de pépin, autant faire son signe de croix. Sauf que Philippe, enfant de chœur dès son plus jeune âge, ne croit pas au Bon Dieu. Trop de curés à l'haleine fétide et de matins à se les geler pour lui accorder encore une once d'attention. Philippe a la rage de vivre. Il n'a pas le temps de consacrer une minute de plus à l'invisible.

Paul et Philippe viennent d'un milieu aisé et bourgeois. Philippe, issu d'une famille nombreuse, est le deuxième d'une fratrie de six, menée par un père à la carrière et à la stature éblouissantes. Paul a une aisance que Philippe n'a pas. Très français, il n'est pas moche mais n'est pas beau non plus. Cependant, s'il n'a pas la beauté écrasante de Philippe, avec sa mèche tombante et son sourcil de feu, Paul est riche d'une confiance sans défaillance.

« Regarde-moi ce petit oiseau de paradis. »

Philippe lève les yeux. Elle est belle. Évidente. Absolue. Pleine-peau. Elle respire le soleil. Un plateau à la main, elle distribue des serviettes chaudes aux passagers avec la plus grande des délicatesses. Elle a le visage rond d'une jeune femme à peine sortie de l'enfance et le regard sage de ceux qui ont déjà vécu plusieurs vies. Son sourire joyeux et doux est infini et n'est arrêté que par les mèches qui encadrent son visage. Elle porte merveilleusement bien l'uniforme, comme s'il avait été dessiné rien que pour elle.

Philippe rougit et, gêné par la présence de son ami, replonge dans son étude du prospectus à intérêt public. Il n'a jamais rien vu d'aussi joli, d'aussi beau, d'aussi parfait, d'aussi « lui ». Il se cache derrière sa mèche pour reprendre ses esprits, avant que la serviette chaude n'atterrisse entre ses mains.

« *Would you care for a hot towel today, sir ?* »

Paul, vieux beau avant l'heure, tente de séduire maman et, tout en se raclant les dents d'un coup de langue rapide, avance un humour douteux. Maman sourit gentiment et note l'accent. Curieuse, elle embraye la conversation. « *Are you French ?! Welcome !* » Elle aurait voulu en savoir plus mais les serviettes fument d'impatience et maman promet de revenir vite.

« Elles ont un charme fou, ces Américaines, tu ne trouves pas ? Elles sont moins farouches que toutes nos cul-cul de Françaises, dit Paul, excité.

— Oui, enfin, elle ne fait que son boulot », lui rétorque Philippe, agacé.

Il ne sait pas où se mettre. Son compagnon de voyage est en trop. En même temps, il faut bien avouer que sans lui il n'aurait jamais osé amorcer la conversation. Elle va revenir. La regarder bien droit dans les yeux. Peut-être qu'en prenant son air penaud et timide elle comprendra qu'il est différent, lui, qu'il n'est pas comme tous ces types trop sûrs d'eux et opportunistes.

C'est vrai, même si Philippe sait qu'il est beau, il souffre néanmoins d'un terrible manque de confiance en lui. Il a bien compris que son côté idéaliste et romantique n'a rien d'enviable dans le monde dans lequel il vit. On lui rappelle assez souvent qu'il faudrait qu'il arrête de rêvasser et qu'il suive les traces de son grand frère, dont la carrière est déjà admirable. Niveau cœur, ce n'est pas beaucoup mieux, les filles lui en font voir de toutes les couleurs. La dernière en date, notamment, ne l'avait pas épargné.

« Are you going to Miami for business or pleasure ? »

Notre vision divine est revenue. Philippe, réanimé par le sublime, reprend des forces. Il aime déjà tout chez elle ; sa voix, ses longues mains fines, son visage si doux et décidé à la fois, son regard espiègle et franc, ses yeux verts vertigineux, dans lesquels il a déjà le sentiment de s'être perdu mille fois. Et puis sa façon, à elle, de dire son nom, à lui.

« Phil-ip »

Il y a dans ces deux syllabes enchantées une résonance, une invitation, un refrain qui n'attend que d'être murmuré en boucle.

« Nice to meet you Philip, Kathy », dit-elle, sourire en coin, en pointant du doigt son badge indiquant « Kathleen ». Il note la caresse glissée entre la langue et l'arête de ses dents. C'est une brise, un vent de fraîcheur douce, un pont d'innocence et de tous les possibles.

« Ka-*th*-y »

Une invitation à la rejoindre là, tout de suite, maintenant et jusqu'à ce que la mort les sépare.

Il est décidé que Ka*th*y les retrouve après l'atterrissage pour leur servir de guide le temps d'une soirée. Demain, elle sera déjà loin. Descendus de l'avion, ils se retrouvent aux bagages. Elle va chercher la voiture, elle n'a pas de valise. Voyez l'image, s'il vous plaît, quand au volant de sa bagnole, une Cadillac blanche à intérieur cuir rouge, les vitres ouvertes à fond, elle siffle les deux hommes pour attirer leur attention. Bien qu'elle ait déjà échangé son chemisier nylon contre un débardeur jaune pastel, libéré ses cheveux fil d'or et mis des petites baskets blanches, elle n'a rien perdu de son élégance naturelle. Au contraire, liberté chérie, elle semble pleinement elle, telle une corolle qui déploie ses pétales au petit matin.

Elle n'a que vingt ans, pourtant elle est d'une maturité impressionnante, et bien dans sa peau. La compagnie d'hommes plus âgés ne la dérange pas. Elle en a l'habitude. Sa profession y est pour quelque chose, certes, mais son aisance lui vient d'avoir grandi vite, dans un contexte où tout le monde bosse dur. Depuis toujours elle doit participer aux corvées familiales et passer tous ses étés entre la chaleur de la serre, celle des tracteurs et la sueur des hommes qui travaillent la terre.

Elle est la petite dernière d'une famille de six enfants et la plus regardée. Aussi, elle a l'habitude de réparer les bêtises de son frère jumeau, le plus turbulent d'entre tous.

Un mois après leur avoir donné naissance, leur mère enterrait le frère aîné, emporté par une maladie génétique rare et incurable. Une épreuve suffisamment bouleversante pour justifier sa propre mise à distance, afin de ne plus jamais souffrir. C'était compliqué. Alors Kathy avait pris l'habitude de se débrouiller seule, et elle en est fière.

Paul s'élance à la place du passager. Philippe laisse faire. Il est trouillard mais garde la tête haute. Kathy, avec un *h*, en profite pour l'appeler du regard à chaque coup de rétroviseur. Mais va-t-il comprendre ?! Paul n'arrête pas de parler et ne voit rien, lui, c'est sûr.

Je ne connais ni la route exacte qu'ils empruntent ni l'hôtel dans lequel ils s'arrêtent, mais j'aurais tout donné pour retourner sur les lieux de leurs premières étincelles. Une soirée passée sous une chaleur tropicale, à en faire tomber les vestes et suer les chemises. Comme j'aurais aimé partir en pèlerinage sur les traces de leur amour naissant. Je serais allée chercher la table où ils se sont installés le cœur battant, les mains moites, la gorge asséchée. J'aurais repéré les murs qui les ont écoutés, j'y aurais trouvé une veine gonflée d'avoir tout vu et je serais allée la faire voler en éclats, à coups d'ongles, pour en garder un bout de peinture en guise de mur de Berlin. Ce moment-là, c'est leur rideau qui tombe. Une évidence. Et pourtant rien ne fait sens. Kathy est déjà fiancée, elle est américaine, Philippe est français et vit si loin. Ils ne se connaissent pas. Et pourtant.

Alors ils commandent un dernier cocktail, pour rallonger un peu le temps, lui donner sa chance. Plus Paul gesticule, plus Philippe la dévisage. Et puis il y a ce moment où elle joue avec son parapluie de papier, coincé entre ses lèvres, le faisant rouler du bout des doigts, toutes ces couleurs vives mélangées, devenant une boule de feu. Ça rend fou Philippe. Et puis cet instant décisif, ce geste qui veut tout dire, celui où elle lui envoie une flèche en plein cœur, ce geste où elle plante son ombrelle de papier dans son verre à lui. À lui ! À cet instant, il sait. C'est lui qu'elle veut. Il n'a pas besoin de plus, ils peuvent rentrer se coucher. Il peut laisser la vie suivre son cours, elle l'a choisi, lui. Il est heureux, il se sent vu, entier. Et quand, au moment de partir, l'orage éclate et qu'il faut ouvrir les parapluies, les vrais cette fois, et que c'est sous le sien qu'elle court s'abriter et à son bras qu'elle s'accroche, que leurs joues rieuses et mouillées se rapprochent, et que de battre si fort leurs cœurs se touchent, leur sourire ne fait plus qu'un, les dieux sont avec eux.

Il lui donne son numéro. Il lui dit « *Call me* ». Elle a le cœur qui gonfle plus encore, la tête qui tourne. Elle promet.

L'Amérique est envoûtante, jusqu'à vous faire croire au grand amour. Philippe rentre à Paris où son présent et maintenant son futur l'attendent, là et pas ailleurs. Kathy n'a pas appelé.

Il est déçu, il l'avait imaginée à son bras, devenir femme à ses côtés. Il n'avait jamais vécu aussi fort.

C'est idiot mais il n'arrête pas de penser à elle. Il n'arrête pas de se demander sur quel vol elle peut bien être en ce moment. Dans quelle direction regarde-t-elle ? New York ou Miami ? Lui arrive-t-il tout de même de penser à lui parfois ? Il ne l'a pas rêvé, ce moment. Il était bien réel. Leur vie en Kodachrome devant leurs yeux, sous une pluie battante.

La raison, sûrement. Son fiancé, évidemment. Ou bien il lui est arrivé quelque chose. De toute évidence, il va falloir qu'il en prenne son parti.

Il regarde les filles avec un nouvel œil inquisiteur. Les mesurant toutes au souvenir qu'il garde de Kathy. Parles-tu anglais ?! Non ? Passe ton tour, ma belle. Je sais ce que je veux maintenant. Ce n'est pas toi.

Un dimanche matin, dans la forêt de Saint-Nom-la-Bretèche, à bout de souffle, il tente de raconter son aventure folle et platonique du bout du monde à ses frères et compagnons hebdomadaires de jogging, qui ne l'écoutent que d'une oreille ; ils ont l'habitude d'entendre Philippe étaler son cœur d'artichaut dans de la vinaigrette à l'eau de rose.

À la radio qu'il aime écouter à fond la caisse (avec l'âge, le volume sonore continuera d'augmenter), il entend un matin qu'un accident d'avion est survenu sur la côte Est des États-Unis. Peur panique. Le cœur dans l'estomac. *Kathy*. Il est rassuré d'entendre qu'il s'agit de la TWA et non de l'Eastern Airlines. Mais tout de même, l'onde de choc est passée et laisse sa marque. Les jours s'écoulent et il hisse carrément Kathy au rang d'icône, et autant dire qu'il a perdu l'amour de sa vie dans un accident d'avion. Il la sublime. Il tente de faire son portrait au feutre noir mais n'ose pas, de peur d'abîmer son image et de brouiller sa mémoire. Elle était tellement parfaite.

Et puis un jour, lors d'un déjeuner en tête à tête dans une brasserie rue de Rivoli, son père lui lance de but en blanc :

« Tiens, j'ai oublié de te dire : tu as reçu un message. Une jeune femme a essayé de te joindre.

— Qui ?!

— Je ne sais pas, mon petit, elle a simplement demandé à te parler. Elle a laissé son numéro pour que tu la rappelles.

— Quand ?!
— À ton retour de New York, je pense. »

« Je pense. » Philippe aurait pu étrangler son père de tant d'approximations, lui qui est homme de grande précision.

Philippe n'en revient pas. Elle l'avait donc appelé. Sourire en coin, il savoure ce moment délicieux où il lui est permis de rêver, la tête baissée.

D'un majeur décidé, il compose le numéro sur son vieux téléphone en Bakélite. Un chiffre à la fois. Une erreur et il faut recommencer. Merde. Quelle heure est-il ? Il jette un coup d'œil à sa montre, oui, ça devrait aller. Le cadran rotatif pulse une rengaine effrénée et le compte à rebours d'un départ vers la Lune. Ça sonne. Il y a un avant et puis un après. Il y a lui et elle dans leurs vies respectives, et puis il y a eux ensemble, et nous ensuite. Là, nous sommes tout juste entre les deux, à vibrer au-dessus de l'Atlantique. Comme cet instant est émouvant. Philippe le pressent, il en pleurerait presque. Il ne le sait pas mais c'est à cet instant précis que nous nous voyons, avec les sœurs, inscrites dans le livre universel des possibles. Nous sommes là, à applaudir le doigt velu et concentré de celui qui va être notre papa. Il y a le tunnel de la mort où on fait le bilan et puis celui où une âme se voit inscrite dans sa destinée. Vas-y, Philippe, les dés sont jetés : elle t'aime déjà.

Il se racle la gorge.

« *Mmh-mmh, may I speak with Kathy please, this is Philip… French Philippe.*"

Un temps incroyablement long s'écoule, puis une seconde plus tard Kathy accourt au téléphone, les joues roses et le regard animé. Elle savait qu'il rappellerait.

« *Hello-o-o ?* »

Et voilà… c'est la chanson des gens heureux qu'il vient d'entendre.

Et c'est fou, c'est fou, leur vie vient de basculer. C'est une histoire de coup de chance de dingue. Ou simplement de dingue. Un agencement de numéros, une suite de chiffres improbable, une combinaison étroite, agencée comme une formule magique et la solution d'un problème de mathématique. Cette date, ce numéro de vol, ce numéro de siège, leur numéro de téléphone, sont à l'origine de notre histoire. Nous devons beaucoup aux étoiles, à la chance et à la bonne mémoire de notre grand-père. Mais pas seulement.

De leur rencontre, maman ne retiendra rien de Paul, tant elle n'a eu d'yeux que pour papa. Elle dit qu'elle l'a immédiatement reconnu. Comme le jour où il l'a emmenée en haut de Notre-Dame, et qu'elle s'est mise à pleurer. Elle connaissait cet édifice, elle sentait qu'elle y était déjà venue. Elle n'avait que vingt ans mais, elle en était certaine, elle était enfin à sa place. Elle dit qu'elle n'a jamais regretté d'avoir vécu en France, même dans les moments les plus difficiles, loin des siens.

La France était son pays, sa destinée. La Bretagne, son poumon, et la maison, sa fierté. Si papa aime raconter l'épisode des premiers instants et combien il fut transporté par la présence solaire de maman, maman, elle, aime raconter son espièglerie et comment elle prétendit voyager avec une copine pour retrouver Philippe à Paris.

Ce n'est pas que maman voyait grand, c'est plutôt qu'elle savait distinguer l'essentiel. Ma Kathy est entière, élégante, franche et audacieuse. Elle a aussi un terrible besoin de tracer sa route. Elle meurt d'ennui à l'évocation d'une carrière de secrétaire en banlieue de Cleveland, où elle a grandi. Il manque une dimension à sa vie et elle comprend que pour s'accomplir elle doit partir. Elle n'est pas la seule ; aux États-Unis, il est fréquent que les familles éclatent et se dispersent aux quatre coins du pays, au gré des opportunités. Son cœur est sa boussole.

Philippe l'a donc rappelée ; il n'y a pas une minute à perdre, elle prend un billet pour Paris. Il propose de venir les chercher à l'aéroport, elle et son amie.

Il leur laissera son appartement et ira vivre chez son frère le temps de leur visite. Quelle surprise quand il voit Kathy arriver à Charles-de-Gaulle, toute de bleu vêtue – le bleu décidément –, belle comme le jour, et seule.

« Ton amie ?

— Quelle amie ? »

Espiègle, maman se délecte à relater la stupeur, l'étonnement puis le respect dans le regard de papa. Il comprend l'ampleur de ce bout de femme. Il l'embrasse, et la serre fort contre lui. Je les vois rester là, longtemps, à la porte des arrivées, à s'embrasser puis à se regarder, puis à s'étreindre, puis à s'embrasser à nouveau, semblant n'avoir nulle part où aller puisque, enlacés, ils étaient bien arrivés à destination. En vérité, c'est la valise de maman qui ne suit pas et qui les force à attendre vainement au carrousel, un peu timides, un peu gauches.

Une semaine suffira à confirmer leurs sentiments naissants. Tout Paris tombe sous le charme de Kathy. Les frères de jogging, dubitatifs dans la forêt de Saint-Nom, comprennent à présent le caractère exceptionnel de leur rencontre.

Le dernier matin avant l'avion qui emmènerait Kathy loin de lui, Philippe, à son tour, reconnaît la chance qui s'est offerte à lui, à cœur et à corps, depuis une semaine. Sans trop réfléchir, instinctivement, sans tact ni grandes pompes, le voilà qui demande à Kathy de l'épouser. À sa manière peu romantique de lui demander sa main, il pourrait la voir se rebiffer, s'en offusquer même, mais non. Elle vient de découvrir un nouveau monde, un monde qui lui est étrangement familier. Elle a fait l'amour à cet homme qui lui semble solide et fort, un homme dont l'aura contagieuse la fait vibrer et dont la beauté lui fait écho. Cela lui suffit. Elle n'a pas besoin de plus de romantisme que ce qu'ils incarnent déjà. Leur amour est aussi évident qu'une flèche en plein mille. Elle lui dit donc oui.

Oui. Immédiatement oui.

La folle.

Qui, à son âge, aurait le culot d'aller retrouver, seule, un homme de dix ans son aîné, dans une ville étrangère dont elle ne connaît ni la langue ni les codes ? Qui oserait prendre le risque du ridicule et de l'échec, de laisser à l'arrière famille et amis pour tenter l'impossible ? Qui irait au-devant de sa vie sans aucun gage au préalable ni aucune garantie de succès ? Si maman m'a transmis une valeur, c'est bien celle-là : vivre, c'est se donner les moyens du bonheur et savoir en prendre le risque. Quand la chance vous sourit, il faut non seulement savoir la reconnaître, mais aussi s'en montrer digne. Avoir le courage de relever le défi. Et le défi est forcément toujours de taille.

Kathy rentre donc aux États-Unis, pour repartir, pionnière, vivre en France.

Notre petite fermière du Midwest américain a autant de couilles qu'un PDG de multinationale. C'est d'ailleurs comme ça qu'elle se voit.

LES MÉDUSES

Pascale

La chaleur nous écrase contre le chemin terreux que nous remontons péniblement sous le plein soleil de midi. Notre marche à la queue leu leu soulève une poussière d'argile desséchée dont les volutes s'accrochent à nos sandales trop fines. Sous leurs semelles, le relief calleux et chaud rend ardu le retour vers la villa. Nous sommes à Pollença, sur l'île de Majorque, et Jen et moi brûlantes, suivons nos parents bronzés et enlacés, bras dessus, bras dessous. Une fois n'est pas coutume et le spectacle est réjouissant.

Charmés par le dépaysement absolu, la vie douce et sauvage, nous rêvons tous les quatre à des étés délicieusement sans fin dans cette jolie finca, croisée au détour du chemin, ou celle-là, un peu plus loin, et à qui papa, grâce à son talent, aurait redonné vie… On s'y installerait de juin à septembre, apprendrait le catalan, la maison serait toujours pleine d'amis plus ou moins jeunes, on naviguerait de crique en crique sous des chapeaux de paille tressée géants, les soirées s'étendraient sous un drap d'étoiles, on danserait pieds nus, cueillerait des olives, boirait de la sangria en battant un éventail en dentelle. On n'aurait ni l'eau chaude ni le téléphone.

Notre bavardage résonne entre oliviers et orangers, couvrant l'agitation des cigales, et se poursuit distraitement jusqu'à destination. Et au-delà.

Cela faisait déjà des mois que les parents rêvaient d'une maison qui serait la leur, la nôtre, un refuge, un phare, qui nous ressemblerait et qui, contrairement à notre appartement parisien, leur appartiendrait.

Les semaines qui suivirent furent colorées par ce projet un peu fou d'ancrer notre maison de famille sur les terres chaudes et ventées des Baléares et, du bleu marine de la Méditerranée aux eaux vertes des Côtes-d'Armor où nos vacances allaient se terminer, le charme fut obsédant. C'était un été sans États-Unis, où une année sur deux nous passions le mois d'août. Paresseusement, de Majorque, nous avons remonté nationales et départementales, empilant gros lainages sur petits pulls coton, à mesure que nous nous approchions du nord-ouest. C'était étonnant que maman se projette dans le Sud, elle dont la peau si claire et fine supportait mal le soleil qu'elle adorait pourtant, et pour qui la chaleur intense et sans répit était un calvaire.

Je l'ai observée se ravir de retrouver la douceur d'un sweat ou de se lover dans une maille extra-large. Je l'ai vue reprendre son souffle.

Nous, sur la banquette arrière, on râlait. On avait quitté le paradis pour poursuivre nos vacances en Bretagne. Une première. Pourtant papa, enfant, y avait passé toutes les siennes et nous assommait d'histoires de voile, de filles et de riz au lait que Bonne Maman, sa grand-mère chérie, lui concoctait tous les matins et dont l'odeur en préparation remontait les étages jusqu'à chatouiller ses narines endormies. Il était habité par ces vacances bretonnes et clairement heureux d'en retrouver, trente ans plus tard, les saveurs.

Il en gardait des amis d'enfance chers à son cœur, qui eux avaient continué à traverser les saisons dans cette station balnéaire au charme décati. L'un d'eux louait tous les mois d'août une villa sur les hauteurs de la baie de Piégu, comme on l'appelle, et, ayant un trop-plein de chambres vides, avait proposé à papa de venir goûter au sel d'antan.

Papa se réjouissait de retrouver sa Bretagne et son Val-André chéris. Maman, malgré les promesses de températures moins chaudes, voire fraîches, se refroidissait à l'approche, et nous, en bonnes adolescentes, nous faisions la gueule.

On ne connaissait personne et ma timidité maladive provoquait chez moi des crises d'angoisse sociale par anticipation. La villa, baptisée Ker Héol, solidement ancrée sur trois étages, offrait comme spectacle une vue à couper le souffle sur des kilomètres de sable fouetté par les vagues céladon.

Le ciel était bas et sombre. Quand nous nous sommes installés, l'humidité des murs au papier peint d'époque m'a traversée comme un fantôme.

Papa s'extasie. Maman regrette le bleu du Sud et la chaleur qui la faisait souffrir. C'est dire.

Les jours bretons filent au gré de la force du vent, les parents d'un côté, nous de l'autre. Ensemble, mais séparées. A l'époque, Jen et moi, on ne se parle pas vraiment. Nous ne sommes pas fâchées mais, en bonne aînée, je mets un point d'honneur à instaurer autant de distance que possible entre nous, tout en jalousant sa facilité à tout faire, tout comprendre, sa liberté d'action et de parole. Elle rit, danse, s'agite, répond, questionne, quand je suis terrassée par l'idée de bouger le moindre muscle, prendre la parole, expliquer ce que j'exprime à chaque fois si confusément.

Si elle descend sur la plage, je reste à la maison. Si elle est de l'équipe crêpes, je me joins à celle des gaufres. Plus elle est à l'aise avec la bande de jeunes qui gravite autour de la villa, plus je m'isole.

Entre deux longe-côtes avec les vieilles de la maison, j'écoutais en boucle « Losing My Religion » de REM, au bord d'une lucarne qui laissait filer l'air frais et iodé à travers la chambre. Je m'emmerdais et me languissais de cet Alex, rencontré quelques semaines plus tôt.

Je n'avais, comme souvent, aucune envie d'être là, et le temps maussade et venteux était aussi irritant que le changement radical de projection du pater qui, revigoré par le rythme des marées, ne se voyait plus nous poser en Catalogne, mais là – c'était une évidence –, au sein de son enfance.

Merde.

Un après-midi, maman m'a tirée de ma torpeur d'adolescente et forcée, à coups de *tu es molle, ça va te faire du bien, quel est ton problème*, à fouler le sable dur et mouillé de la longue plage que je lorgnais sans conviction depuis ma chambre. Il crachinait, autant dire qu'elle avait bien trouvé son moment.

Nous longions la courbe douce de la digue éclectiquement construite et, mutique, je suivais son pas énergique.

« Ton père veut chercher une maison ici. Il n'y en a qu'une pour laquelle je dirais oui. Celle-ci. »

Elle s'arrête et pointe une petite baraque, en piteux état mais vraiment toute mignonne, perdue au milieu des mastodontes de la première ligne.

« Pour cette maison, *I would do it.*

— Dans ce cas, dis-je, rompant le silence, je prends la chambre sous les toits, celle qui fait le coin. »

Nous avons passé notre chemin, déjà habitées, en comparant toutes les autres bâtisses, sans en trouver une au charme équivalent.

L'anecdote, racontée au dîner, fut l'objet d'une énième remontée dans le temps et de plans jetés sur la comète jusqu'à notre retour à Paris, où le projet s'endormit sous des couches de vie, comme si rien de tout ce qui précédait n'avait été.

Une ou deux fois seulement, l'histoire a refait surface. Mais cette maison assise sur la digue, encore occupée par la doyenne d'une famille rennaise, ne rentrait de toute façon pas dans l'enveloppe allouée, et maman ne voulait plus entendre parler d'aucune autre villa dans ces environs. Les parents en oublièrent l'existence.

Ceux qui deux ans plus tôt avaient accompagné de crevettes et petit blanc le rêve d'acquérir La Grève, c'était son nom, l'avaient tenue en mémoire pour nous et n'avaient pas hésité un instant lorsqu'ils avaient appris – dans les semaines qui avaient suivi la naissance de Margaux – que la maison était en vente :

« Madame Plusson est décédée, et la maison dont rêvait Kathy est mise aux enchères. Deux familles habituées du coin ont déjà fait une offre. Si vous cherchez toujours, tu devrais te positionner », avaient-ils dit à papa au bout du fil.

Le soir même, euphoriques, les parents avaient décidé, sans l'avoir jamais visitée, de faire une offre. Puis un mois plus tard, une seconde. Et le mois suivant, ils avaient surenchéri une dernière fois, mais si faiblement qu'ils s'étaient convaincus que l'aventure s'arrêterait là.

En effet, on n'entendit plus parler du notaire. Son silence devait être synonyme de disqualification, et papa, qui s'était pris au jeu de l'espoir, traînait sa déception et sa honte d'avoir dû couper court au rêve. « Cela aurait été tellement bien pour les filles. »

Cela dura deux mois et demi, au terme desquels nous apprîmes que l'étude rennaise chargée de la transaction avait cherché à le joindre à de multiples reprises : il ne restait plus que quelques jours pour signer la promesse de vente, sans quoi la villa serait remise sur le marché.

Papa eut du mal à comprendre que sa dernière offre avait en réalité mis un terme aux enchères.

La Grève, qu'ils rebaptiseraient Les Méduses, était à eux.

Sans réfléchir, ils s'organisèrent avec la banque et partirent, sonnés par la nouvelle et les nuits sans sommeil, échanger leurs signatures contre un trousseau de clés. L'après-midi était déjà avancé quand ils en eurent fini avec la paperasse et qu'ils purent se dire, fiers, qu'ils étaient enfin devenus propriétaires. Ils avaient encore le temps de parcourir l'heure de route qui les séparait de leur maison.

Quand ils arrivèrent, le jour tombait sur la baie, le ciel était menaçant et le vent portait le tapage assourdissant des vagues qui claquaient plus bas sur la plage vide. C'était leur premier face à face.

Margaux était aussi agitée que l'eau gris-vert qui animait l'horizon. Déjà énervée par une journée de voiture, d'impatiences et de résonances fortes, elle avait sans doute absorbé, en même temps que le vent qui rend fou, la détresse soudaine qui avait submergé les parents lorsqu'ils avaient franchi le seuil de leur nouvelle et seule propriété.

La maison leur apparut triste, minable et pourrie de l'intérieur.

Je ne sais pas ce qu'ils s'étaient imaginé, mais le spectacle de la sombre ruine et l'odeur encore tenace de la vieillesse qui se meurt avaient donné des haut-le-cœur à papa qui s'était effondré en sanglots incontrôlables.

Toutes ses économies.

« Je suis trop con, je suis trop con », répétait-il en laissant les larmes couler. L'angoisse d'avoir mal jugé la bâtisse et l'investissement à l'aveugle l'avait terrassé.

Maman, elle, recouvrait ses esprits à mesure qu'elle grimpait les marches en pitchpin de l'escalier qui, solide et intact, portait gracieusement en lui le cœur de la maison.

Sa mère qui, de passage en France, les avait accompagnés dans cette folle aventure, portait dans ses bras Margaux qui semblait s'être elle aussi apaisée, et suivait silencieusement sa fille optimiste à la découverte, pièce après pièce, de son rêve devenu réalité.

Cette veuve, au regard franc mais espiègle, avait la tête sur les épaules et était avare de mots. Lorsque, un peu plus tard, ils s'étaient retrouvés tous les trois à inspecter l'étroit terrain sableux qui longeait la maison et s'étaient arrêtés et tus, subjugués, encore une fois, par la vue imprenable, elle avait dit :

« Philippe. Essuyez vos larmes. Cette maison vous rendra profondément heureux. » Évidemment Philippe, à la larme facile, ne put en retenir une ultime, mais il n'en fallut pas davantage pour qu'il reprenne son courage, et son talent, entre ses mains d'architecte.

La naissance de Margaux puis l'acquisition des Méduses avaient ouvert une parenthèse enchantée, chassant le naturel avant qu'il ne revienne, galopant, ébranler le jeune et fragile équilibre familial.

Mais, malgré les années sombres qui suivirent, la prédiction s'était révélée juste.

L'INCIDENT

Jennifer

Le soir après l'école, avant que papa ne rentre de son agence, j'entendais maman s'affairer dans la cuisine qu'elle aimait appeler son « bureau ».

Depuis ma chambre attenante, j'en connaissais par cœur les bruits routiniers, lancés en morse et annonçant un dîner imminent. Des assiettes qui claquent, l'eau qui coule. Un tiroir qui se déroule. L'eau qui coule encore. Des couverts qui s'entrechoquent. Un grincement de chaise qui se déplie et se cogne contre les pieds de la table à trois places. Cock Robin passe à la radio et la voix de maman s'élève dans son américain natal. C'était comme ça à la maison quand papa n'était pas là. Sans histoires. Tranquille. Joyeux. Léger.

Un soir, j'entendis maman lâcher un long « merde » suivi d'un soupir fatigué.

Jour après jour, ses « merde » devenaient de plus en plus appuyés.

Les assiettes rentraient moins souvent pile dans la machine sans faire de « clacs » et, de façon inquiétante, les portes vitrées du placard s'entrechoquaient de plus en plus bruyamment.

Le rituel du soir (à l'image de notre vie quotidienne) commençait gentiment à dérailler.

Margaux en pyjama, deux doigts dans la bouche et un dans le nez, devant la téloche, papa, le nez, lui, dans ses papiers, à l'agence, Pascale dans sa vie de fin d'ado, maman perdait patience. Moi, penchée sur mon anglais, stylo en bouche, je roulais des yeux dès que je l'entendais râler. *Mais elle va se taire, oui ?*

De plus en plus souvent, je devais interrompre mes devoirs de lycéenne pour aller chercher Margaux à l'école, lui donner le bain ou aider avec le dîner. Maman était trop « fatiguée ». Elle n'arrivait pas à se lever. Je diluais mon inquiétude en passant à l'action. « Ok, maman, je vais la chercher, pas de problème, tu peux compter sur moi. »

À la maison, les silences et intervalles entre chaque coup de gueule de papa prenaient subrepticement de plus en plus de place. Maman restait au lit longtemps. Maman pleurait doucement. Maman n'écoutait plus la radio. Maman ne chantait plus. Maman fermait la porte de sa chambre pour qu'on la laisse tranquille. Quand papa rentrait à la maison en claquant celle de l'entrée, d'une telle force que tous les murs de l'immeuble tremblaient et que Margaux courait à toute blinde du bout du couloir pour l'accueillir à bras-le-corps, maman rassemblait ses forces, se rhabillait et faisait semblant. Elle avait les yeux rougis et son long cou rentré dans les épaules, grelottait d'un froid terrassant.

Elle faisait de son mieux. Nous, on faisait comme si on ne voyait rien.

Je n'en peux plus, a-t-elle hurlé un jour, devant le placard de la cuisine.

Je me suis demandé si elle savait que je pouvais l'entendre depuis ma chambre.

Je me suis demandé si cet appel m'était destiné, s'il était dirigé vers moi, comme quand comme on lance un caillou dans la mare pour voir les ondes atteindre le rivage ou le bon destinataire. À y penser, j'aurais pu poser mon crayon et aller la voir, ouvrir la porte de la cuisine enfumée de sa purée ratée, la prendre dans mes bras et lui dire que ça allait passer, que ce n'était rien, qu'on s'en foutait de sa purée, qu'elle n'avait pas à s'inquiéter, qu'elle n'était pas seule. Qu'elle n'était pas seule.

J'aurais pu. Et peut-être l'ai-je fait une fois, peut-être deux, mais, si elle avait un véritable problème, elle saurait certainement à qui s'adresser. Elle avait un mari pour ça, finalement. Elle m'avait toujours dit « je ne suis pas ta copine », elle n'allait pas en recourir à sa fille maintenant. Non.

En réalité, elle n'a jamais partagé sa détresse avec papa. Pas à ce moment-là en tout cas. Elle a sauté la case mari et est passée directement à la case médecin de famille. Mais c'était seulement après avoir crié « j'en peux plus ! » sur tous les tons et dans toutes les langues, au prix de nombreuses purées ratées, qu'elle avait fini par aller le voir. Je crois que cela lui avait pris des mois, peut-être des années. Elle était fière et totalement démunie devant les sentiments qui la ravageaient.

Et puis un jour, il y eut cet incident qui marqua un point d'arrêt à sa descente solitaire aux enfers. Elle avait réussi à lancer les feux de détresse. Elle allait être sauvée. Nous allions pouvoir corriger le brouillon des dernières années et tout bien remettre à plat sur notre joli papier peint à marge rouge. Maman allait recevoir de l'aide ; notre vie familiale allait rentrer dans l'ordre, nous allions retrouver l'harmonie du temps de l'arrivée de Margaux.

Tout juste enceinte, maman m'avait demandé : « Tu ne vas pas être jalouse ?

— Non, pourquoi ? Je vais être grande sœur, mon rêve ! »

Un pressentiment, cependant, un serrement de cœur mêlé d'une joie immense. *Tu n'es plus toute jeune quand même, vous êtes certains que vous ne faites pas une connerie ?*

Malgré la quarantaine de maman, l'envie d'un troisième enfant venait de loin. Ensemble depuis déjà vingt ans, ils avaient éprouvé le besoin d'arrondir les angles de leur couple et de compléter notre unité familiale.

Margaux est arrivée comme une victoire, un cadeau venu du Ciel. J'ai naïvement pensé que c'était grâce à moi et à tous mes vœux sacrifiés pour la cause, vœux que je formulais en cachette dès que j'avais un cil sur la joue, comme des appels tendus depuis le fin fond de mon enfance. Margaux avait finalement répondu présent.

Non, je n'ai pas été jalouse. Je me suis toujours sentie aimée. Même si leur amour en pratique fut en effet parfois questionnable, nous avons toutes les trois été conçues dans l'envie et le désir. C'est la base pour bien pousser.

J'ai vu nos parents fous de bonheur d'attendre Margaux. J'ai vu le ventre de maman s'arrondir, fière, excitée, impatiente, et j'ai découvert papa sous un nouveau jour. Cadeau ! Papa, que je connaissais colérique et impulsif, devenait tendre et patient avec

Margaux. Je les ai vus complices comme je ne l'avais jamais imaginé possible. Il avait une faiblesse, une tendresse pour Pascale, elle le touchait profondément (se reconnaissait-il en elle ?), et avec Margaux c'était la fusion, il aimait se voir briller dans ses yeux ronds. La petite a eu de la chance, elle n'a jamais eu peur de papa, elle.

L'amour qu'il avait pour mes sœurs ne m'a pas dérangée. Moi, j'avais maman. On se dit qu'on aime ses parents à part égale, parce qu'on ne veut pas faire de jaloux ni attirer mauvaise fortune, mais c'était maman que j'aimais secrètement plus que tout. C'était maman qui m'importait. Après tout, je n'étais pas très fan de papa, ni de sa manière de parler à maman, ni de sa façon de lui dire comment se changer avant de partir à un dîner huppé, c'était insupportable. Sa façon d'élever la voix, on ne savait jamais très bien pourquoi. Il m'était étranger. Je me lançais souvent entre eux deux pour les séparer et tenter de raisonner l'homme qui gronde, avant de me faire renvoyer systématiquement dans mes pénates. À l'époque, je n'étais pas certaine qu'il était super fan de moi non plus. Je crois qu'au fond, je le dérangeais.

C'est maman dont je m'occuperai quand papa sera mort. Quand elle sera recroquevillée de vieillesse, je veillerai sur elle. C'est le serment que je me suis fait de nombreuses fois, devant le miroir, forçant des larmes sur mes joues, pour donner plus de couleur à ma promesse. Elle méritait qu'on prenne soin d'elle. Il y en a qui jouent à la marchande ou à la maîtresse, moi j'ai joué au malheur. Je scrutais mon visage et mes traits, qui se tordaient en silence, fascinée par cette image absurde mais qui me faisait bizarrement du bien. Un exutoire devant le manque de tendresse. *Ça ne peut pas être ça, l'amour*, me disais-je.

En attendant que papa meure dans mes rêves, Margaux gazouille.

Elle fait aussi des coliques et pleure sans relâche. À croire qu'elle aussi pressentait les drames à venir. « Ah la petite, elle a du coffre ! C'est bien, elle se fait les poumons ! Elle pourra être chanteuse ! » Quand elle ne pleure pas, elle est adorable. Bébé parfait. Je veux le même, un jour. On a beau avoir onze ans de différence, je peux enfin jouer avec ma petite sœur, comme j'aimerais que Pascale joue avec moi. Je me penche sur son berceau, je la fais rire. Je sens que Margaux et moi on est pareilles. Je profite que Pascale m'ignore avec ses copines pour prendre l'enfant sous mon aile. Souffler sur son gros ventre et la faire glousser. Je plonge mes yeux dans ses grands yeux verts. Ses cils de trois kilomètres. Noirs. Son regard, perçant. *Toi et moi, à la vie à la mort.*

Maman et papa reçoivent des cadeaux de naissance comme pour un premier-né. Du Jacadi et du Baby Dior. Maman est câline, Papa est émerveillé. Ils ne se chamaillent plus. Ils l'appelleront Margaux Victoire parce que son arrivée marque le début de notre plus beau chapitre familial. Avec elle, vient l'acquisition des Méduses, notre maison en Bretagne. Avec elle, notre famille est complète, on entre dans une ère de plénitude. On découvre un nouvel horizon, un nouvel espace. Il y aura les parents, solides, nous encadrant, heureux et accomplis, et puis il y aura nous, avec nos liens, nos rires et nos jeux partagés, nos balades insouciantes, jusqu'au bout de la digue et de la vie, les bras entrelacés, comme les maillons d'une même chaîne, certaines de son ancrage, avec les célébrations de chacune, câlins et doudous, échanges de pulls – jamais de chaussures ! –, make-up et autres.

Et puis reviendront les coups de gueule, les coups de griffes, et la hache.

Pascale

J'adore raconter l'histoire de nos parents. C'est une grande histoire, complexe et belle.

À l'époque, avec Jen, on se répète que cela nous arrivera à nous aussi, une rencontre stellaire, au bout du monde, si unique qu'il n'y a pas d'autre chemin que de se prendre la main et se suivre. Jusqu'au bout.

Papa travaillait comme un fou. Que les projets se multiplient ou se raréfient, que ce soit un immeuble de bureaux ou de logements, de la rénovation ou de la construction, de l'appartement au château, il embrassait tous les sujets qui lui étaient confiés avec un perfectionnisme fiévreux. Il en a toujours fait des affaires personnelles, qui battaient la mesure de ses humeurs.

Mais souvent, l'argent manquait, parce que gérer les comptes lui semblait trivial et angoissant à la fois, et que facturer ou, pire, relancer ses clients devenus amis ou ses amis devenus clients, lui semblait humiliant. C'était comme accepter l'aide financière de son père. Inenvisageable.

Quand maman, habituée aux budgets ceintures, sortait son petit carnet de dépenses, il se sentait insulté et cela le mettait dans une rage folle.

Faire ses comptes relevait de l'aveu de faiblesse. Pauvres riches.

Plus les petits carnets se remplissaient, plus les mots volaient haut et fort. Ces soirs-là, son énergie était telle que nous pouvions le sentir arriver dès qu'il avait franchi le coin du square.

Son pas pressé et ferme, percutant le goudron, puis le marbre du hall d'entrée, puis les marches moquettées, résonnait jusqu'au fond de l'appartement.

Quand il introduisait sa clé, on savait.

Non, ce n'est pas vrai. On ne savait pas, on ne savait jamais, en fait, s'il valait mieux rester en place ou se planquer dans nos chambres, l'accueillir joyeusement ou se taire. On ne savait jamais comment se comporter. Un coup ça passait, un autre c'était l'irruption de rage condescendante. Et même quand du fond du long couloir nous courions lui sauter dans les bras et qu'il nous serrait fort contre lui, encore emmitouflé, rieur et détendu, on ne savait pas. Une barrette de travers pouvait briser n'importe quel moment de complicité. Cette tendresse, dont il a toujours dit qu'elle me faisait défaut, éclatait alors comme sous l'effet d'un shrapnel, mutilant nos cœurs de mille blessures. Autosabotage. À chaque fois qu'on frôlait son cœur de trop près, il faisait exploser le nôtre pour se dégager de l'inconfort d'être trop aimé.

Son âme sensible d'enfant-artiste avait tellement crevé de soif de tendresse et de reconnaissance que sa surface sèche et fissurée ne savait plus comment absorber nos trop-pleins d'affection.

Et nous, moi, je crevais pourtant d'adoration pour lui. Fière d'avoir un papa qui, quand son feu coléreux n'était pas rugissant, voltigeait de savoirs passionnants en générosité touchante, libre et léger, ouvert aux drôleries de la vie, j'en oubliais qu'il m'effrayait.

C'était donc un puzzle imparfait.

Comme ce souvenir vieux et incertain. J'ai vingt-deux ans peut-être. Était-ce la Toussaint ? Pâques ? Ou un week-end de fin d'été ?

Maman porte sa maille bleu marine, son jean à taille haute et ourlet cheville, ses infatigables Paraboots noires.

Dans la cuisine des Méduses, je vois encore ses yeux fatigués, ses joues déjà trop rouges pour l'heure. Assise, puis debout, maladroite, ailleurs.

C'est un déjeuner. Une angoisse. Une tension.

Le moment est difficile. Comme souvent.

La trêve était derrière nous. Le doux et heureux temps dans lequel nous avons baigné, à grandir avec Margaux et à embrasser Les Méduses comme un membre à part entière de la famille, n'a été qu'un épisode bienheureux : progressivement, le chaos a repris son lit.

À l'heure des échanges, c'est France Info qu'on entend ou lui, papa, qui raconte, affirme, répète, râle, digresse, et généralement monopolise le fond sonore. Moi je me tais. J'observe ou je m'extrais… Jen, elle, n'a pas peur de faire porter sa voix ni de partager ses points de vue. Elle, elle attire les regards, les questions, les attentions.

Maman, en revanche, peine de plus en plus à intervenir intelligiblement, pour ne pas dire intelligemment, s'attirant systématiquement foudres et grondements.

Ne pas comprendre, ni chercher à comprendre les raisons d'une évidente dégradation. Ne pas voir. Ne pas sentir.

Affaissée, cernée et titubante, l'image est trop dure, trop lointaine d'un idéal à l'architecture parfaite. *Ça me dérange. Elle me dérange.*

C'est un monologue qui s'étire, se divise, s'éparpille ; un peu obsessionnel, un peu répétitif. Il cherche une approbation qui ne vient pas, un signe, une réaction qui lui donnerait raison, qui le rendrait beau et fort, lui confirmerait qu'il est aimable.

Des balbutiements. Des onomatopées, un regard dans le vide. Elle glisse à côté du sujet, fait répéter. Elle ne saisit pas.

« Quelle conne », dira-t-il.

S'il vous plaît, non, par pitié, pas maintenant, pas encore résonne en moi.

Elle s'enfonce, prévisible et sommaire. Le vin l'empêche de penser clairement, de raisonner juste, de développer logiquement.

Il s'emballe.

« Pauvre conne. »

Je voudrais lui hurler : « Non, non, s'il te plaît. Ne recommence pas. Tes mots, papa, ils m'imbibent aussi. Quand tu t'adresses à elle, tu t'adresses à moi, à nous. Va donc te défouler ailleurs. » En même temps, c'est vrai qu'elle n'a encore rien compris.

Son poing cogne violemment le bois de la table.
« Putain, la conne ! »

La rage serrée dans la mâchoire. La haine dans le regard. La pluie d'insultes. La colère sourde jaillit en un vocabulaire insupportable et incontrôlable. À nouveau. Une fois de plus. Une fois de trop.

Je la regarde elle, interpellée par l'anomalie de son état, un peu dégoûtée aussi. *Je ne veux pas terminer comme elle.*

Il faut effacer les larmes qui roulent. Elle tire alors de sa manche un mouchoir blanc, et sans un mot – titubant sous les insultes, enroulée sur ses épaules – s'éloigne pour disparaître dans l'escalier.

Honnêtement, je ne me souviens pas de Margaux comme étant présente. Peut-être que Jen est partie la divertir, pédaler sur la digue ou courir sur la plage, elle n'a que huit ans après tout.

Tant mieux. Ce n'est plus un secret aujourd'hui, cette violence me rend malade.

Effacer, purger ce désamour.

Puis la chercher, maman.

L'appeler, l'attendre, l'oublier, composer son numéro, patienter… Elle va bientôt rentrer. Elle doit se faire une digue.

Il se met à pleuvoir. Calme dans la maison. Son manteau est au vestiaire. Elle a dû marcher sur les pas des douaniers, jusqu'au petit port de Dahouët, ou peut-être jusqu'à la plage des Vallées, longeant d'est en ouest un littoral abrupt et fouetté par les vents et les eaux tourmentées. C'est plutôt là que j'irais, si je devais digérer l'humiliation.

Le temps passe. Le silence pèse davantage. Nous nous sommes organisées avec Jen pour partir à sa rencontre, quadriller le centre, longer la plage, grimper les douaniers. Papa, lui, surveille Les Méduses.

Je me rappelle le jour tomber et le vent monter.

Je me rappelle l'angoisse soudaine que le désespoir puisse la pousser au fond des eaux grises qui agitaient l'horizon ce jour-là.

L'inquiétude me soulève. Elle n'est pas nouvelle, cette inquiétude, mais elle porte en elle, à présent, une dose supplémentaire de culpabilité, de honte, de colère et de doute. J'ai peur. J'ai peur qu'elle ne revienne pas. Je suis terrifiée. Moi aussi je l'ai si souvent blessée, moi aussi je suis source de sa souffrance.

Pardon. Pardon, pardon.

De retour à la maison, seule, je retrouve un père tendu.

« Qu'est-ce qui a bien pu lui prendre ? », aboie-t-il.

Je voudrais lui cracher à la gueule. Lui dire « Comment tu te permets. Tu te prends pour qui, toi, pour t'adresser à celle dont tu dis être la femme de ta vie, à notre mère, comme tu le fais ? ».

Et cette porte. Cette porte fermée. Cette porte qui soudain appelle à l'aide. Cette porte verrouillée sur un silence criant.

Les pires scénarios défilent. Le cœur s'accélère.

« Ouvre, maman. Ouvre.

Silence. *(Pardon. Comment ne t'ai-je pas vue ?)*

— Ouvre.

Silence.

— Maman ? »

À son pas sec et rapide qui résonne à l'étage, je sais qu'il va imploser de colère.

Descendu en furie, il m'écarte avec force et abat son poing sur le pitchpin qui nous sépare d'elle, en martelant son nom et en lui ordonnant de sortir. Silence. Fureur et hurlement.

« Sors ! »

Je l'entends. Elle pleure. Elle respire. Elle respire et elle pleure. Elle pleure mais elle respire.

Face à la résistance inhabituelle, papa s'éclipse, porte d'entrée claquante, pour revenir, hache à la main, le visage déformé par ce que j'ai pensé être de la folie.

Tout cela se passe en fractions de seconde.

Protéger. Sauver. Résister. Comprendre. Écouter.

Je connais cette souffrance. Ce vide. Être là. Solide et solidaire. Stopper le désastre. S'interposer entre la hache levée prête à déchiqueter l'espace et le panneau délicatement mouluré, seul rempart entre elle et nous. Intervention hautement risquée.

« Arrête. Arrête. Tu arrêtes. Ça suffit. Tu es trop en colère. Laisse-moi. Laisse-nous. »

Autorité soudaine.

S'asseoir. Adoucir. Être là.

« Je suis là, maman. »

Inverser les rôles.

« Sors. Viens. Fais-moi confiance. Je sais. Je connais. Déjà. »

Elle gémit, en pleurs. L'entendre broyée de douleur est vertigineux.

Déverrouiller. *Sors. Sors. Je voudrais te prendre dans mes bras et te serrer contre mon cœur…*

« Maman… »

Je déteste ce qu'il lui a fait, ce qu'il lui fait, ce qu'il fait de nous, j'imagine cette hache tournée contre lui, j'imagine le vouloir loin, puni, seul… Pourtant tout cela se recroqueville, s'efface, ne compte plus. Tout ce qui compte à ce moment-là, c'est la survie. Elle doit vivre. Revivre. Et nous avec elle. *Tu n'es pas seule.*

J'ai parlé. Beaucoup. Je me suis ouverte, sans filtre. Longtemps.

Le loquet claque, la porte grince. Elle s'avance, le visage gonflé, cerné, livide mais rougi là où les larmes ont coulé. *Viens là.* À bout de bras, je la retiens, tentant de maintenir un équilibre que je découvre fragile.

Oh maman.

Au pied de l'escalier, elle s'effondre, cassée, méconnaissable.

« J'ai besoin d'aide. Je n'en peux plus. »

Tout s'éclaire et se brise au même moment : elle a le cœur lourd comme la pierre. L'alcool l'allège. Maman est malade. Vulnérable. Maman.

Là où le quart de l'escalier tourne, il nous rejoint au bord des marches vernissées.

Abattu, peut-être un peu terrifié par sa propre rage, ou son aveuglement. Il a entendu. Il écoute.

Hoquetant de sanglots, elle déroule péniblement les derniers mois : sa lente descente vers un pays sombre et froid ; sa perte de contrôle ; cette douleur débilitante qu'elle ne peut identifier ; ses tentatives d'en sortir seule, ses appels au secours ; puis le vide, la solitude, la honte ; ne pas nous faire subir ça, ne pas nous déranger, Margaux…

Prendre soin d'elle-même. Avoir ce genre de courage : déposer les armes, compter les pertes, s'en remettre à d'autres, se relever, accepter, pardonner.

Oui, c'est ce qu'il faut. Du repos et de la distance.

« Nous nous occuperons de Margaux en ton absence, ne t'inquiète pas. Peu importe la durée. »

Je m'étonne de mon grand calme et de la précision de ma parole à ce moment-là. Moi qui suis si confuse, nageant habituellement dans un brouillard de mots qui ne collent pas à ma pensée. J'ai grandi. Je ne le réalise qu'à ce moment-là. Devenir adulte, dit-on. Mon propre voyage dans les profondeurs les plus noires de l'âme est sa bouée de sauvetage, le commun qui la rassure et l'autorise à accepter le soutien dont elle a besoin. Sortir de ma zone de confort pour accueillir la culpabilité d'être la fille que je suis, responsable du temps perdu en affrontements stériles. Lui dire que je l'aime.

« Je t'aime. »

Leurs visages se sont creusés au fil de l'intensité de leurs émotions. Sonnée, elle se soulève et monte s'allonger en silence. Il me semble qu'il fait déjà nuit dehors et qu'une vie entière vient de s'écouler.

L'air est chargé de l'énergie du désespoir. Nous convenons que Jen et moi emmènerons Margaux dîner et traduirons en mots d'enfant ce à quoi les prochaines semaines vont devoir ressembler.

La protéger, l'entourer, la rassurer. Être là. Être là pour elle aussi, pour elle surtout.

Margaux

J'ai huit ans, la vie se réorganise square de la Tour-Maubourg et quand maman rentre de son séjour « de repos », je la vois différemment.

Ses devoirs de parent reprennent le dessus sur le quotidien : il faut m'accompagner à l'école, venir me chercher, m'emmener aux goûters d'anniversaire, revenir me chercher, préparer le dîner en attendant papa, me faire faire ma toilette de chat et mes devoirs. Je suis docile, j'obéis, je ne veux pas qu'on nous gronde, je ne veux pas décevoir, je ne veux pas ajouter de la tristesse à celle omniprésente qui hante les soirs, surtout le dimanche. Et je ne veux pas qu'elle reparte se reposer. Je ne veux plus qu'on nous sépare.

Parfois, lorsque je rentre de l'étude, maman dort. Rarement dans son lit, souvent sur la table. Peut-être était-elle très fatiguée en emballant les cadeaux de Noël, peut-être a-t-elle oublié de se réveiller de sa sieste sur le canapé. Et si je la retrouvais somnolente assise à la table de la cuisine, c'était parce que mon dîner avait sûrement mis plus de temps à cuire que prévu.

De plus en plus, je lui découvre une attitude que je ne connais pas : elle tangue un peu, elle n'articule pas vraiment, ses gestes ne sont pas coordonnés, elle est au ralenti. Lorsqu'elle vient me chercher chez une amie, il arrive que j'aie honte. Parce que je sais qu'elle n'est pas dans un état normal – je vois bien le regard inquiet des autres parents – et je sais qu'une fois rentrée je devrai prendre soin d'elle. Je l'aide à faire la cuisine pour éviter qu'elle ne se brûle ou ne se coupe, je la surveille pour éviter qu'elle ne trébuche et ne se cogne. Parfois, il faut même que je la couche, non sans batailler puisqu'elle se laisse rarement faire, mais incapable de tenir debout. Elle se relève quand papa rentre pour qu'il ne devine pas l'état dans lequel elle est, malheureusement, c'est sans appel : elle a bu et n'arrive pas à cacher les effets que le mélange provoque avec ses médicaments.

Partir loin d'elle redoublait mon inquiétude qu'elle se fasse mal.

Et souvent papa se mettait en colère, triste, démuni, impuissant, frustré, inquiet, incompréhensif que l'on puisse être ou se mettre dans un tel état de tristesse. Il l'aimait mais il lui hurlait dessus. Il l'aimait mais il ne la comprenait pas.

Je n'ai jamais su où me placer entre cette colère et cette tendresse, entre cette peine et cette joie. Mais je croyais que c'était ça, l'amour : des très hauts et des très bas. Alors je n'ai jamais douté de celui qu'ils se portaient.

LES OISEAUX DE BOIS

Margaux

J'ai gardé de ma mère un rituel. « *The little things* », disait-elle. Ces petites choses, tout sauf petites, qui sont tout sauf simplement des choses. Je n'ai pas pu l'observer assez longtemps mais Pascale et Jen me l'ont passé comme elles l'avaient reçu. Un geste essentiel, transmis d'une mère à une fille, et d'une sœur à une autre.

Ce rituel, c'est le goût du détail. Celui qui existe pour surprendre, pour adoucir et pour aimer. Les petits mots cachés dans une valise ou dans un tiroir, laissés à l'autre dans la nuit pour commencer la journée avec un câlin par écrit. Je porte une importance particulière à ces clins d'œil qui ne coûtent rien et qui disent tout. Comme une façon de transformer en poésie cette hyper-attention qui nous fait tout voir, tout relever, tout retenir. C'est dire à l'autre, très simplement : « Je t'écoute, je te vois. » C'est la joie profonde que j'ai eue à découvrir la lettre que Pascale avait cachée dans mon sac lorsque, à neuf ans, je m'en étais allée passer quelques jours sans elle en classe de neige. Une lettre avec des dessins et des couleurs différentes pour chaque ligne. Elle avait pris le temps. C'est la fierté d'avoir des mots d'amour glissés par Jen un peu partout dans ma chambre, et de recevoir de sa part ces petits « riens du tout » rapportés de week-end ou de voyage. Un coquillage qu'elle a trouvé à son goût ou un dessin réalisé en pensant à moi. C'est la surprise, l'offrande, l'amour qui explose.

Maman nous a appris à saupoudrer la vie de ces petites surprises, à aimer les faire aux autres et à adorer les recevoir en retour. Si je devais n'en garder qu'une, pour tout ce qu'elle représente, ce serait celle-ci : les petits oiseaux de bois.

Rue de Grenelle, que l'on empruntait tous les jours pour aller à l'école, à l'agence d'architecture de papa, faire les courses ou récupérer un colis à la poste, il y avait un antiquaire dont les scénographies des vitrines interpellaient notre œil et notre imagination. Comme des enfants devant un catalogue de Noël, on avait pris l'habitude de jouer à un jeu : « Si tu ne devais choisir qu'un seul objet parmi tous ceux-là, ce serait lequel ? » Il va sans dire qu'aucun d'entre nous n'avait jamais osé franchir la porte d'entrée. Un jour de nouvel inventaire, alors que nous observions les merveilles derrière la vitre, papa fut happé par deux petits oiseaux de bois, des moineaux – ou bien étaient-ce des rouges-gorges ? – sculptés, taillés, peints à la main, aux couleurs déjà passées. Ils étaient émouvants de subtilité, de simplicité.

En un instant, papa s'éprit d'eux comme s'il les connaissait, les reconnaissait. Comme si, dans notre jardin du Val-André, ces oiseaux venaient le saluer quand il tondait la pelouse ou taillait la vigne vierge entre deux lampées de thé au lait. Comme s'ils étaient ses amis, qu'il pourrait garder près de lui pour toujours. Depuis ce jour, on décida de ne plus jouer devant cette vitrine-là, puisqu'on savait qu'il choisirait, à chaque fois, ces deux petits oiseaux de bois. Il en parla tous les jours, pendant des mois. Et à force d'en parler sans se décider à passer à l'acte, les deux oiseaux disparurent. Ce jour-là, papa passa le seuil de la boutique pour la première fois afin de s'assurer que ses deux petits camarades étaient encore bien là, simplement déplacés, mis ailleurs, pour laisser l'histoire que racontait la vitrine changer de décor, et enfin les acquérir. Lorsqu'il apprit que les oiseaux avaient trouvé leur nid et que ce ne serait pas le nôtre, il fut désemparé, lui qui les avait rêvés sur sa cheminée, trônant fièrement devant un large tableau de Yeatman et entre deux petites lampes années cinquante.

Une leçon de vie dans un petit animal de bois : ne plus hésiter quand quelque chose, ou quelqu'un, vous émeut, vous appelle. Parce qu'il avait repoussé sans cesse la date de leur adoption, ses amis lui étaient passés sous le nez. Pourtant il continuait d'en parler, regrettant, pestant d'avoir pris les choses pour acquises, s'en voulant d'avoir laissé ces petits trésors s'envoler vers d'autres branches. Le sujet revenait à chaque repas. Passée la déception, que je pouvais encore comprendre, une telle obsession devenait presque risible. Peut-être cristallisait-elle d'autres choses. Mais ces subtilités de l'âme étaient bien trop lointaines pour la jeune fille de dix ans que j'étais.

Les mois passent, le sujet s'estompe petit à petit. On parle des oiseaux avec nostalgie et on joue avec ceux qui viennent, en chair et en os, nous tenir compagnie dans le jardin breton. On s'émerveille devant les rouges-gorges et on s'attendrit du chant d'un merle. Mais on ne parle plus des petites sculptures : on choisit de leur faire hommage à travers le vivant, comme quand on est en deuil.

On fête les soixante ans de papa entre nous, en famille, nous cinq, le noyau nucléaire. Le cadre est majestueux, une vue imprenable sur tout Paris : perchés au deuxième étage de la tour Eiffel, nous sommes au Jules Verne. Il y a quelques larmes, l'émotion d'être ensemble, l'apaisement de sentir maman sur la bonne voie, de la savoir ici, bien présente, heureuse. On déguste, on savoure, on s'émerveille, on s'aime. On en aurait presque oublié la raison du dîner. Alors viennent les bougies, les vœux, les cadeaux. J'offre un dessin et mes « bons pour », fabriqués de mes mains : « Bon pour une balade avec ta dernière fille préférée », « Bon pour un petit déjeuner au lit », « Bon pour un morceau de piano »…

Maman tend son cadeau, une petite boîte emballée dans du papier journal. Le mystérieux coffret en main, et comme il en a l'habitude, papa essaye d'en deviner le contenu. Il le soupèse, en analyse délicatement les contours, et lance ses suppositions comme un jeu de devinettes.

« Une boussole ! Une montre ! Un appareil photo ! »

Il déchire lentement, par lamelles, le papier journal, pour tomber sur une boîte blanche, neutre.

Maman sourit, absolument pas déstabilisée par les propositions de mon père qui auraient pu lui faire regretter son choix. Elle est sûre d'elle, fière, masquant avec sérénité son excitation.

Papa ouvre, et il comprend. Il se met à pleurer. Le mystérieux acquéreur qui avait tant fait pester papa, c'était maman. Après tout ce temps, elle n'avait rien dit. Elle avait gardé sous silence ce précieux secret pour en rendre l'évidence encore plus belle, plus joyeuse, plus subtile, merveilleuse.

Ce clin d'œil de ma mère à mon père, de ma mère à nous trois et au reste du monde, me marquera à vie. Cette façon de faire et d'offrir, qui embellit le geste le plus anodin. Pas un cadeau, une multitude d'émotions qui s'apprécient dans leurs nuances et leur beauté. Ajouter de la poésie, toujours, de la finesse et de l'amour dans les plus petits gestes. Offrir, ce n'est pas juste offrir, c'est s'offrir soi.

Et dans la boîte, les petits oiseaux de bois.

L'ACCIDENT

Jennifer

Je suis à l'étage d'un atelier où j'aime travailler. Je viens de passer mon diplôme d'art appliqué et j'ai rejoint une équipe de créateurs, bossant dur, souvent jusque tard, et riant fort. On y fabrique des décors en tout genre, et en attendant que la résine sèche, on joue aux fléchettes.

De mémoire, on est vendredi après-midi et je ne suis pas pressée de rentrer à la maison ; on a du boulot avec l'équipe. Il est prévu que je passe le week-end avec Charlotte, ma cousine chérie, ma presque jumelle. Elle va m'aider à m'installer dans son appartement où je viens d'emménager, il y a tout juste une semaine.

Ça y est, finalement, ma vie commence. Je peux enfin vivre à la hauteur de mes ambitions de jeune femme. *Mon job, mon mec, ma « life »*. Après le départ de Pascale, voilà enfin mon tour. Maman va mieux depuis quelque temps. On dit même qu'elle est sortie d'affaire. Papa a gagné mon respect ; il est amoureux de maman, patient, attentionné, doux. Ils se sont retrouvés. Je suis sereine. J'y crois.

Margaux et maman sont en Bretagne pour les vacances de février. Papa est censé les rejoindre pour le week-end. Il est d'ailleurs peut-être déjà dans le train.

Mon téléphone à clapet vibre dans la poche latérale de mon bleu de travail. Je viens tout juste de me laver les mains, le numéro de la maison s'affiche. Les mains encore mouillées, j'hésite à décrocher.

« Allô ?

— Maman a eu un accident. Papa la retrouve à l'hôpital. »

Je regarde l'horloge pendue au-dessus de la machine à café. En effet, papa est arrivé à Lamballe. *Merde.*

Me revient en flash la dernière fois que j'étais en Bretagne seule avec maman : elle n'allait pas bien. Sortant d'une sieste, elle doit aller chercher papa à la gare. C'est la tradition hebdomadaire. Sauf que maman est dans un état pitoyable. Je le vois à ses yeux bouffis et à son pas hésitant.

« Tu vas où comme ça ? Tu ne vas tout de même pas chercher papa ? Tu as vu ton état ? Tu as failli te prendre la porte du placard ! J'appelle un taxi et toi tu restes ici. Il est assez grand pour se démerder tout seul, il peut comprendre, non ? »

Elle fait semblant de ne rien entendre. Elle fait semblant de ne pas comprendre. Je le vois bien, elle n'est pas en état de conduire. Alors, s'ensuit un des rares moments où j'impose l'autorité à mes parents. Mais maman, butée comme une armoire allemande, est motivée par je ne sais quelle force ; je ne sais pas si c'est de la fierté, la peur de se faire engueuler ou simplement du déni. J'aurais conduit, si j'avais eu le permis.

J'hésite. Et puis non. En lui prenant les clefs des mains, c'est la situation que je prends en main. À son regard plein de haine, regard que je ne lui connais pas, je comprends qu'elle ne se laissera pas faire. Le bon sens lui fait défaut, c'est clair. Il ne lui reste plus que son devoir marital et je viens de l'humilier. Je le vois bien, elle va me taper, c'est sûr, elle a perdu la boule.

« Je vais venir avec toi. On va y aller ensemble. » Si jamais elle déraille, je serai à ses côtés pour prendre le volant. « Alors on y va, mais on y va doucement. Pas grave si on arrive à la bourre. Tiens regarde, je préviens papa. Je suis là, tout va bien. » À peine sortie du centre-ville, la voiture vrille. Un pneu contre le trottoir, frottement puis choc. Le mur en pierre de la maison d'en face se rapproche dangereusement. Je me penche, j'attrape le volant, nos mains s'entrechoquent, et d'un mouvement sec et rapide je guide la voiture vers la rue de traverse. Les crissements de pneus se marient avec ceux des mouettes. La voiture s'immobilise devant une mer fouettée par le vent. Je saute de la voiture, vérifie l'état des lieux, oui, les pneus sont foutus.

Je me retourne vers maman qui, les yeux lourds de honte et de désarroi, semble chercher à comprendre, le regard perdu dans les vagues.

L'horloge sonne et me ramène au présent.

« Margaux, avec qui est-elle dans la voiture ?

— Elle est seule ; je n'ai pas osé l'accompagner. »

Merde.

« Ok, ne t'inquiète pas ma chérie, elle a dû se prendre un trottoir, au pire, elle s'est fait une petite égratignure de rien du tout. Tu sais quoi, ça lui servira de *wake up call*, ça va la réveiller, effet douche froide. On ne s'inquiète pas, ça va aller. Qui est avec toi ? Juliette est toujours là ?

— Elle est repartie, je suis seule à la maison. J'ai peur, Jen. »

Je vois Margaux accrochée au combiné, de ses petites mains d'enfant, la silhouette projetée dans la pénombre qu'impose le soleil couchant et qui la plongera bientôt totalement dans le noir. J'ai le cœur qui tombe dans l'estomac. Elle n'a que dix ans ; j'ai mal pour elle, si petite et si inquiète déjà. Comment la protéger ? Elle ne devrait pas avoir à vivre cette angoisse, pas à son âge. Jamais. Je la dirige vers la lumière.

« Là, près de l'escalier, voilà, et pour la chambre, l'interrupteur de gauche est du côté de maman. C'est bon ? Voilà. Ah, attends, papa m'appelle. Je te rappelle tout de suite ma chérie. Promis. »

« Papa… »

La voix de papa, gorge serrée, est pleine de larmes et d'inquiétude réprimée.

Il ne sait pas, il me raconte l'attente à la gare, le retard de maman, et puis l'appel des amis du coin. Ils ont reçu un coup de téléphone des pompiers.

« Elle a eu un accident, Jen, c'est grave. Ils l'emmènent à Saint-Brieuc.

— Mais quoi "c'est grave" ? Qu'est-ce qui s'est passé ?

— J'en sais rien, Jen. Où est ta sœur ?

— Pascale ? Je ne sais pas. Tu as eu Margaux ?! »

Merde mais merde.

« Mais grave comment ? Enfin je veux dire, elle part à l'hôpital, donc ça va aller, non ? Tu la rejoins à l'hôpital ? Qui va s'occuper de Margaux ? Elle est seule, là ! Elle ne peut pas rester seule ! »

Je suis debout, je fais les cent pas. Je hurle de l'intérieur.

« Margaux ne peut pas rester toute seule, elle est morte d'inquiétude !

— Je sais, Jen ! Les voisins sont en route. Ils proposent de la prendre chez eux ce soir pendant que je rejoins maman à l'hôpital. J'appelle Margaux pour la prévenir mais toi, peux-tu appeler Pascale, je n'arrive pas à la joindre.

— Oui, papa… Tiens-moi au courant.

— Je te rappelle dès que j'en sais plus. »

Reste calme. Respire. Reprends-toi. Pas la peine de faire tout un flan. Il fallait bien que ça arrive, de toute façon. Ça nous pendait au nez, putain.

La journée à l'atelier touche à sa fin. Un collègue nous propose de ramener certains d'entre nous dans le centre de Paris. À l'arrière de sa voiture, serrée contre je ne sais plus qui, je sens les larmes monter. Margaux est avec les voisins maintenant, papa est en route pour l'hôpital, et moi, je n'arrive pas à joindre Pascale. Qu'est-ce qu'elle fout, bordel ? Je regarde encore et encore mon téléphone. Rien.

J'ai les mains moites.

Maman, ça va aller, ça va aller, maman. On est comme dans un film. Et les films se terminent toujours bien. Je ravale mes larmes. Pas maintenant, pas devant l'équipe.

J'arrive en bas de mon nouvel immeuble. J'en cherche le code. Je ne le connais pas encore par cœur. Finalement, la porte cochère s'ouvre et me laisse entrer. L'ascenseur. Le bouton du huitième étage. La grille. L'oppression. Je monte. À chaque étage, ma gorge se serre un peu plus. J'ouvre avec fracas la porte de l'appartement puis celle de ma chambre et je sombre. L'inquiétude s'empare de mon corps. Devant moi, les toits de Paris, la nuit et l'incertitude du lendemain.

Où es-tu Pascale ? Allez, mais réponds, putain !

« Pascale ?! Enfin !! Tu es au courant ?! Tu as eu papa ?! »

Le contact est fait, la peur est partagée, je peux reprendre mon souffle.

Le téléphone vibre. C'est Raphaël, mon petit ami. Il vit en Bretagne où il finit ses études. Il est avec papa. Il est de tout cœur avec moi. C'est gentil. Merci. *Non, mais non ! Ça va aller, maman s'est fait un peu mal, peut-être, beaucoup, mais elle va à l'hôpital, ça va aller. Elle n'est pas morte, que je sache ?!!*

La colère monte. Sait-il quelque chose que je ne sais pas ? Serait-il devin tout d'un coup ? Non, il ne sait pas. Moi non plus.

Je suis soûle d'inquiétude, même si je préfère n'envisager que le meilleur, jamais le pire, toujours.

Il nous faut encore attendre. Nouvelle plongée en apnée, interminable.

Je veux me griffer le visage, me taper les pieds contre l'étagère. Je veux me foutre des gifles. Soulager ma douleur en m'en imposant une nouvelle, vomir cette peur qui me tord les tripes. Je veux sortir de ce narratif arrêté, en boucle, claustrophobique.

Dans ma chambre, je tourne en rond comme une lionne en cage. Charlotte est dans le salon avec une amie, je pourrais les rejoindre, mais la vérité est que rien ni personne ne peut dissoudre ces moments qui ne peuvent se vivre que dans une infinie et absolue solitude.

Papa me rappelle. J'hésite. Je sais qu'une fois le clapet ouvert, la vie sera différente.

« Papa… »
La voix de Raphaël :
« Jen… Ton père ne peut pas parler. Jen, ma Jen, je suis désolé. »

Un cri.
Déchirure.

Mon souffle, venu d'aussi loin qu'un cri de nouveau-né, s'arrache de mes poumons, aussi primaire et essentiel que le sang qui coule dans mes veines.

Ce trait d'union rauque, écharpé, déchirure intolérable entre ces deux mondes aussi différents qu'improbables, marque la fin d'une vie et le début d'une autre.

Une vie dont on ne soupçonne ni le dénivelé, ni la grandeur. Une vie qui devra apprendre à faire sans, et pour toujours. Une vie qui ne sera jamais plus totalement complète. Une vie en deuil. Et malgré tout, une vie à tout donner, une passée, entière, avec foi, avec envie, à y croire, avec joie, je te retrouverai, parce qu'une vie sans, une vie sans toi, c'est pas possible, non je ne le veux pas.

Tu es là, là.

Maman. Reviens. Là. Maintenant. Tout de suite. Immédiatement.

Tu es si près. Tu es là. Tu es vivante. Je te sens, je te sais vivante. Je te le dis, je te l'ordonne !

J'ai su à ce moment, sans vraiment le comprendre pleinement, j'ai vu, j'ai senti, j'ai vu toute ma vie future et ses couleurs, la place qu'allait prendre ton absence, j'ai vu ma vie se faire la malle avec la tienne, sous mes yeux, grillés, flingués.

Comment revenir sur cet instant infinitésimal, où tout bascule, sinon en y mettant de la lumière, toujours et encore, poser ma main sur le volant, changer la direction et décider de sa trajectoire ? Reviens !

Une vie sans toi, je ne peux pas.

Je cherche le bouton marche arrière sur mon téléphone.

Le bouton.
Maman.
Il faut arrêter ce foutu temps !

Reste encore, je te l'ordonne.
Tu es vivante, je te veux vivante.

Ne nous quitte pas. Pas si vite, pas maintenant ! Je fixe mon téléphone. Rien de ce que je cherche n'est présent. Que des chiffres et des lettres qui continuent de s'afficher, inutiles, insolubles, indéchiffrables, ingérables.

Mon pauvre cerveau à peine formé est totalement perdu, incapable d'intégrer l'information, beaucoup trop dense pour que je puisse la déchiffrer. Je balance mon téléphone contre la porte.

Reprends ton souffle. Respire. Reviens.

Des minutes qui s'écoulèrent, rue Lepic, en attendant que Pascale m'y rejoigne, je ne me souviens plus. De rien. Rien que le néant, le silence infernal, le bruit de la tôle qui résonne dans ma boîte crânienne, le bruit du sang, ploc, sur le métal froissé, qui résonne, ploc, ajoutant à la flaque, t'enlevant, brûlée vive, ploc, t'arrachant à ta vie, à la mienne.

La porte s'ouvre. Pascale s'élance pour me prendre contre elle. Nos deux corps s'enlacent et s'effondrent de douleur et de désespoir. Je serre ma grande sœur si fort, si fort, elle si pudique, si fort que je sens contre le mien son cœur chaud, rougi par le fer et battant fort l'angoisse de la nuit tombée sur nos vies respectives. Je m'accroche à elle. Nos larmes s'entremêlent, pacte de sang.

Dans le miroir de nos yeux, nous voyons nos vies, soudées à jamais, sauter à pieds et cœurs joints dans l'abîme du deuil et de l'absence.

En bas, dans la même voiture que celle des parents, celle que maman conduisait il y a quelques minutes encore, Bertrand, un des frères de papa, nous attend. Sa simple présence me soulage. Nous partons immédiatement pour la Bretagne et ce voyage que nous faisons de nuit est irréel. Assise derrière lui, je fixe des yeux ceux de mon oncle, rivés sur la route. Je cherche encore le bouton *rewind.* S'il lui arrive de regarder en arrière, c'est pour nous rassurer de sa présence ; il la connaît, cette douleur, cette déchirure stupéfiante. Regarder de l'avant. Ne pas s'arrêter à la douleur, continuer, droit devant, ajouter au présent le soleil, et les rires, et la joie.

« Il va falloir être fortes, les filles. »

Pourtant, plus nous nous enfonçons dans la nuit et plus nous entrons dans cette réalité qui m'éloigne de toi, maman, plus je m'effondre. Ne nous quitte pas déjà. Margaux est si jeune. Je ne suis pas prête, pas déjà, reste encore un peu.

Le front contre la vitre je te demande si tu as eu mal. Si la douleur que je ressens, tu ressens la même.

Les roues lancées au grand galop sur le bitume brossent le paysage en toile de fond, je revis la scène finale au ralenti. Que s'est-il passé, maman ? Tu ne pouvais pas ne pas aller bien, sinon tu ne serais pas sortie du village, je le sais.

Qui t'a brouillé la vue ? Une mouette ? La nuit ? Le vent ? Un appel, le mien, au fond de ton sac ? Saignes-tu ? As-tu eu mal ? Pourquoi nous avoir lâchés ?! Pourquoi ne pas t'être battue ?! Ce message, celui que je t'ai laissé en réponse au tien, « Rappelle-moi ma chérie, des jours que tu ne m'as pas appelée, tu me manques », ce message, il t'a coûté la vie, je le sais. J'ai les synapses grillées, et si c'était moi, ma faute, je vrille, je veux te prendre dans mes bras, me raccrocher au réel, te toucher, encore une fois. Te dire que ça va aller, encore une fois. Te retrouver. Maman. Même morte. N'importe quoi, mais te voir. Te serrer dans mes bras, une dernière fois, te dire au revoir s'il le faut vraiment, mais ne pas te laisser seule, dans le noir. Où es-tu, maintenant, où es-tu ?! Embrasser tes yeux, à l'infini. Te rassurer. Nous serons fortes. Toucher les boucles d'or qui encadrent ton visage peut-être ensanglanté, mais lumineux. Et le caresser, ton visage, en retracer les traits fins du bout des doigts, embrasser ton nez parfait, mettre ma joue contre tes lèvres, sentir ton duvet doux comme de la soie contre ma joue et nos cils s'entrelacer pour un dernier baiser papillon. *Nos* baisers papillons. Incruster tous les détails de ta chair dans ma rétine. Te dire que, d'accord, je serai forte, pour Pascale, pour Margaux, pour papa, pour toi.

Maintenant la voiture me semble ne pas rouler assez vite. Je veux te retrouver, te voir, même morte, sentir ton corps encore présent une dernière fois, ne pas te laisser seule. Tu dois avoir si froid.

Alors que nous pénétrons, au milieu de la nuit, la rue des Méduses, je reconnais à peine cette maison qui vibre encore de notre bonheur familial jeune et naïf. C'est à tâtons que nous montons les marches une à une, maintenant bancales, et ce à jamais, pour retrouver papa, effondré sur votre lit conjugal, ne faisant plus qu'un avec l'oreiller encore imprégné de ton odeur. Nous avons attendu là tous les trois le lever du soleil et le retour de Margaux, scrutant à l'horizon cette terre inconnue où nous serons tous amputés de ta présence et pour toujours.

À la vue du tableau et de nos traits fatigués et décousus, Margaux n'a pas eu besoin de mots pour comprendre. Les larmes ne sont pas montées tout de suite. Elle s'est doucement glissée dans les bras de papa, s'accrochant à lui comme on s'accroche au mât d'un bateau parti à la dérive, et doucement, nous avons pleuré ensemble, et longtemps.

Les jours qui ont suivi ont été une véritable torture. Chairs coupées et nerfs à vif, nos poumons brûlaient de respirer l'air marin. Le sel de nos larmes creusa des sillons où nos cœurs démolis finirent de se noyer. Chaque déferlante, chaque rouleau, chaque vague écrasée sur le sable face aux Méduses était une insulte, un affront, une gifle reçue en pleine gueule. Les mouettes avaient l'insolence de jouer avec le vent devant nos fenêtres, le soleil avait l'audace de continuer de briller. Le monde ne savait-il pas que nous étions plongés dans le noir ? Que l'apocalypse avait frappé, que plus rien ne faisait sens ? La vie et tous ses dérivés étaient absurdes. Notre soleil s'était éteint. Nos échanges brefs étaient scandés de mots coupés, de questions à peine achevées. Mais comment ? Pourquoi ? Le vent ? Quand ? Mais crois-tu que… ? Un pèlerinage sur le virage fatal, puis la gendarmerie, comme pour chercher une explication, peut-être trouver un signe de vie. Remonter le temps.

Il y avait l'angoisse du soir. Les alcools forts avaient trouvé leur place sur la table de la cuisine mais, surtout, surtout, les premiers réveils. L'enfer du réveil. Être extirpée du sommeil où maman, au volant de sa voiture, se voulait rassurante, me tendait la main. Elle était bien là, à mes côtés, je ne la lâchais pas des yeux. Même si le film était muet, elle était bien vivante ; je pouvais la voir en face de moi, lui toucher la joue, lui palper le bras, sentir sa chair, la voir et lui parler, sa mort n'était donc qu'un mauvais rêve. Et puis, les paupières encore imprimées de sa présence, revivre le choc, ondes et fracas engloutis dans le cœur, encore et encore, jour après jour. Se voir haïr tous les matins du monde, accablée de déchirures à répétition, punition éternelle pour ne pas t'avoir appelée. Ou si, au mauvais moment. Devoir se réconcilier avec une réalité cinglante n'a rien de logique ni de naturel.

On a voulu nous protéger d'une image morbide et inadéquate. La voir amochée à tel point que nous ne l'aurions pas reconnue n'aurait pu amoindrir son aura divine et entière, maman généreuse, aimante, pleine de vie et d'amour inconditionnel. Je n'aurai pas dit au revoir à ce corps qui a accouché du mien, je n'aurai pas lavé ses cheveux rougis par le sang, je n'aurai pas extirpé les échardes de sa peau, je n'aurai pas baigné son visage de mes baisers, ni remis du rouge sur ses lèvres, ni pris ses mains dans les miennes, en dernier salut, pour la remercier d'être venue, d'avoir pris soin de nous, pour rendre hommage à cette femme qu'elle a été, celle qui nous a tout donné, tout.

Alors, avec le temps, nous, ses filles, son plus beau projet, avons, chacune à notre manière, accepté que la vie continue pour avancer vers sa lumière et continuer de la faire vivre, toujours et encore, altière, belle, rieuse. Elle, notre étoile filante.

Margaux

Le mois de février s'achève et, avec lui, les vacances scolaires passées au Val-André seule avec maman. Papa doit nous retrouver le soir même pour le week-end avant que nous ne rentrions tous les trois à Paris.

Nous profitons de cette dernière journée ensemble. Nous partons faire des courses en voiture : maman veut accueillir son mari avec un bon dîner comme elle sait les cuisiner. Sans prévenir, et pour prolonger notre virée, elle prend un détour sur le chemin du retour. Et nous voici parties pour une analyse détaillée de chaque maison de la côte. Nous les commentons, rions, leur donnons des notes, les ajustons à notre goût, ou plutôt à celui de papa, puisque c'est lui l'architecte, après tout.

Heureuses, nous partagions toutes les deux à notre façon la tendresse que nous avions pour lui. Nous étions dans une bulle, hors du temps, dans cette capsule qu'était ce monospace, cet abri confortable dans lequel je m'époumonais sur tous les tubes de Jean-Jacques Goldman dont j'étais fan – grâce à maman. C'était pour moi un cocon, un lieu intime et hors du temps où j'aimais me retrouver avec mes parents lors de longs trajets.

Maudite voiture.

Première journée de mars : ensoleillée. Le vent avait chassé les nuages. La sensation du soleil ajoutait à la beauté de cette nouvelle complicité partagée, de cette nouvelle façon d'être ensemble et de se parler. J'adorais ça. J'avais même presque l'impression que nous faisions connaissance, différemment. J'étais fière et heureuse de cette nouvelle dynamique, comme un souffle nouveau, comme si tout allait mieux, comme si tout allait aller.

Je me souviens de ses yeux malicieux, taquins, rieurs, aux coins desquels des rides s'étaient formées, traçant des sillons plus clairs lorsque sa peau de pêche prenait le soleil. Je me souviens de son sourire qui diffusait tant de chaleur, comme son accent américain lorsqu'elle parlait français. Je me souviens de ses mains, posées sur le volant, délicates, dorées aux reflets des bijoux qu'elle portait et ne quittait jamais.

Dans mon palmarès de souvenirs de bonheur que je notais religieusement dans mon journal intime, cette journée fut la plus belle avec maman.

La dernière ensemble.

Avec le recul, je la vois comme une déclaration d'amour. Pressentait-elle quelque chose ? Avait-elle eu le besoin de rendre cette journée extraordinaire, pour nous lier par sa beauté ? Avait-elle voulu ancrer notre complicité et sa tendresse pour moi de façon indélébile, avant qu'il ne soit trop tard ?

Le reste de la journée s'était déroulé paisiblement. Depuis la chambre, elle me surveillait pendant que je prenais mon bain avant d'enfiler un pyjama pour descendre dîner à la cuisine. Elle m'y a laissée seule alors qu'elle se préparait pour aller chercher papa à la gare. Elle semblait d'humeur joyeuse, promesse de jolies retrouvailles.

Je n'ai pas vu qu'elle s'était servi un verre.

Lorsqu'elle est descendue, j'ai compris en un regard que les médicaments avaient fait effet avec l'alcool. J'ai horreur de la voir comme ça. Elle titubait un peu, elle n'était plus elle-même. C'était quelqu'un d'autre. J'étais mal à l'aise. Elle avait le regard ailleurs. Triste, je le ressentais. Elle essayait de toutes ses forces de faire illusion. C'était peine perdue.

Elle m'a proposé de l'accompagner : « Ça fera plaisir à papa, tu pourrais être sa surprise… » Mais elle articulait mal, et j'ai eu peur. J'ai refusé. J'ai imaginé le pire.

J'ai voulu le prévenir, lui demander d'appeler un taxi, mais j'ai craint qu'elle ne m'en veuille que je la dénonce, puisqu'il se mettrait en colère contre elle.

Je ne voulais pas gâcher cette journée. Je ne voulais pas retrouver les cris. Alors je l'ai laissée partir seule.

J'ai tué maman.

Après avoir dîné, je file au premier étage faire ma toilette de chat et attendre sagement leur retour dans leur chambre. Sur la troisième marche, je m'arrête.

« Attends, maman, un dernier câlin ! Fais attention, s'il te plaît, roule pas trop vite, d'acc ? On s'en fiche si t'es un peu en retard. À tout à l'heure, *I love you too.* »

Elle sentait bon, un parfum chaud mêlé à l'odeur de la laine de son pull, à sa laque Elnett, au rouge à lèvres Yves Saint Laurent. Et sa peau si fine, ses veines jusqu'aux pulsations de son cœur, ses grains de beauté, ses mains de pianiste qui replacent sa mèche dorée juste au-dessus de ses doux yeux verts.

C'était la première fois que je me retrouvais seule à la maison. J'essayais de me rassurer, d'avoir confiance, de chasser mes idées noires. Le téléphone finit par sonner, et me sortit d'une attente déjà trop longue. Le premier appel d'une longue série ce soir-là, qui voulait tout dire en ne disant rien.

« Bonsoir ma chérie, maman est partie ? Quand ?

— Euh… je ne sais pas. À l'heure, je crois…

— Bizarre, elle est en retard. Bon. Merci. Je te rappelle. »

Mon cœur saute quelques pulsations, chute libre, mon mauvais pressentiment redouble d'intensité.

J'avais donc raison, ou plutôt j'avais eu tort de la laisser partir. Seule. Mais non, allez, c'est une adulte, elle a déjà été dans un état pareil, rien de grave ne lui est arrivé. Elle a pris son temps, elle est un peu en retard, elle va arriver, papa prendra le volant. *On se retrouvera.* Nouvelle sonnerie qui me glace.

« Margaux chérie, peux-tu aller sonner chez les voisins, s'il te plaît ? Maman a eu un petit accident, je la retrouve à Saint-Brieuc et je ne veux pas que tu restes seule. Tu peux faire ça en attendant qu'on arrive ? »

C'est la tempête. Dans mon cœur, dans mon corps, dans ma tête. Dehors aussi. Il fait nuit noire, le vent siffle sur les tuiles du toit, fait claquer les volets. C'est un film d'horreur. L'angoisse indescriptible d'avoir imaginé la scène quelques heures auparavant me tétanise. Est-ce que j'ai doublement provoqué ça ? En ne l'empêchant pas de partir ou ne l'accompagnant pas, et en anticipant le pire ?

J'ai besoin de parler à mes sœurs. Je ne veux pas voir les voisins, ce n'est pas d'eux dont j'ai besoin. J'appelle Jen, je sens la panique dans sa voix, les mots troubles. L'indicible. Mais je ne veux pas y croire.

Je finis par aller sonner chez nos voisins, pour obéir, pour ne pas ajouter de l'inquiétude à celle qui nous broie à distance. Il n'y a personne. Je me retrouve seule dans la rue, face à la mer agitée, infinie, face à l'horizon noir béant. Je rentre à la maison, et l'absence, le silence, la solitude me saisissent. Je tremble de panique. Pas à cause des fantômes, du vent qui siffle et du noir. Je tremble de perdre ma mère, du vide, de la douleur, de la suite.

Le téléphone sonne à nouveau : au bout du fil, je ne sais plus. Le fils d'amis de mes parents va venir me chercher pour que j'aille passer la nuit chez eux. Je comprends que c'est grave et que personne ne viendra me border ce soir, ni me faire des gratouilles dans le dos, ni me caresser les cheveux, m'embrasser sur le front, dans le cou et sur le creux de mon nez.

Je deviens sauvage. Je préférerais être dans mon lit. Chez moi. À la maison. Je ne suis pas à l'aise dans ces draps inconnus. Je pleure mes parents, ma famille, je voudrais être avec eux, pas chez des gens que je connais à peine. Je trouve trop intime d'aller dormir chez quelqu'un. Je suis la seule enfant. Je suis intimidée et en colère aussi. Je m'en veux atrocement.

Moi qui ne crois pas en Dieu, je récite des prières, les yeux serrés très fort, les mains serrées très fort, pour qu'elles atteignent celui qui pourra sauver ma maman très vite, très fort. Je m'endors d'épuisement.

Le réveil est flou. Je sens que les choses ont changé pendant ma courte absence. Je suis raccompagnée à la maison, en silence. Je monte directement à l'étage où je devine des présences. Je marque une pause sur cette troisième marche sur laquelle j'ai dit au revoir à maman la veille. Superstition.

Dernier acte. C'est en passant la tête dans l'embrasure de la porte de leur chambre que j'ai compris. Mon père est sur le lit, recroquevillé, en larmes. C'est la première fois de ma vie que je le vois pleurer.

Nous l'entourons avec mes sœurs et sanglotons aussi. Je ne les avais jamais vus aussi proches.

Plus de maman.

On ne dit rien. On laisse nos malheurs s'entremêler, s'entrechoquer, comme nos sanglots et comme les vagues devant la maison qui frappent la digue et repartent à l'horizon.

C'est le vide, le manque, le silence, les regrets qui nous enveloppent d'abord, comme une brume, comme la brume de ce jour-là, comme un signe de là-haut, de ceux qui nous ont quittés et qui pleurent avec nous.

On m'a dit, assez vite, qu'elle était partie « sur le coup », comme pour atténuer ma douleur – savoir qu'elle n'avait pas souffert. Mais je restais hantée par ce que j'imaginais être l'envers du décor ; le vent qui souffle fort, la voiture qui se déporte, s'est-elle endormie ? A-t-elle donné un coup de volant à cause des phares éblouissants d'une voiture en face ? A-t-elle été surprise par un klaxon ? Ou rien, ni personne. Juste la voiture qui dévie, qui sort de la route et qui percute un poteau électrique, qui lui-même vient s'écraser sur la tôle de la voiture. Rien ni personne, juste ma si grande et si petite maman, seule dans la nuit. Voilà de quoi sont faits les flashes qui m'obsèdent.

Les jours d'après, en cachette, je me risque à appeler son téléphone pour entendre son répondeur. Je lui laisse des messages. Le policier, chargé du dossier, rappelle. Mais je refuse de lui parler, j'ai trop peur de me faire punir.

Il voulait simplement me dire combien il m'avait trouvée courageuse. Mais ce n'était pas du courage que de vouloir me raccrocher à ce qui restait d'elle de plus vivant : sa voix.

Peu de temps après sa disparition, je passe des vacances avec mes cousins. Ma tante, un soir, me demande : « Quel est ton souvenir préféré avec ta maman ? » J'aurais pu fondre en larmes, me blottir contre mon doudou et rester muette, soufflée par ce que j'aurais pu considérer comme un manque de pudeur. Mais cette question, c'était pour le simple bonheur d'évoquer à plusieurs les moments bénis partagés avec cette femme qui nous manquait à tous et que j'allais découvrir à travers le regard et les histoires de ceux qui avaient croisé son chemin.

J'aurais pu être jalouse des moments évoqués au fil de l'échange, vouloir préserver les miens, mes images, mes mots, mais j'étais curieuse de découvrir toutes ces anecdotes et tout cet amour qui unissaient ma mère et les autres. Je glanais avec gourmandise tous ces souvenirs pour les ajouter à ma collection et agrandir mon cœur.

Oui, c'était vraiment ce sentiment que j'avais : mon cœur s'agrandissait en écoutant parler d'elle. J'étais fière, et soulagée aussi, rassurée d'apprendre qu'elle avait vécu tous ces instants heureux, toutes ces joies et ces tendresses, qu'elle avait laissé tout cet amour autour d'elle.

Rendre hommage aux absents en faisant honneur à ce qu'ils nous ont donné, appris, à ce qu'ils ont dispersé de bon autour d'eux, à ce qu'ils auraient souhaité pour nous. Parler d'eux les fait vivre encore un peu.

Pascale

Sur cette route ensoleillée, à peine ombragée par les dernières feuilles de l'automne, il est 8 h 15, Grand Corps Malade envahit l'habitacle [précède une mère qui respire… vous êtes nos mères… celles qui fabriquent et portent… notre futur…], et la déferlante des déposes à l'école est derrière moi…

Devant, une remorque lourde d'une berline à l'avant défoncé. Le tronc d'arbre que cette petite caisse grise a dû percuter a laissé son empreinte. Nette à son endroit ; brouillée dans l'onde du choc. Je scrute d'un œil soudainement embué le tableau de la calandre déformée, du capot plié et du pare-chocs éclaté.

La route tourne en aiguille. Je frotte mes yeux pour dissoudre le voile de larmes qui s'y forme.

À chaque fois c'est pareil. Une carcasse froissée, une ambulance ou des fleurs en croix sur le bord de la route, et je fais ce bond temporel et sensoriel, à vif, vers cette première nuit froide et noire de mars, cette nuit que dix-huit ans plus tard, je ne peux apparemment toujours pas accepter. Dix-huit ans. Le temps n'a pas fait son travail, pas vraiment. Il s'est plutôt figé quelque part, dans un recoin perdu de mon cœur.

On est vendredi soir, la nuit est tombée depuis longtemps. Glacée, je me souviens avoir observé les vapeurs éphémères de ma respiration se dissiper dans l'obscurité des rues calmes de Neuilly.

Les vacances touchent à leur fin, rares sont ceux qui n'ont pas déserté la capitale pour les pistes enneigées. Le ski, chez nous, c'est à Noël qu'on l'aime, et cet hiver-là nous nous étions déjà régalés d'un long séjour en montagne, le premier à cinq.

Maman et Margaux étaient donc parties en Bretagne, papa a pris le train tout à l'heure pour les rejoindre et les ramener à Paris. Margaux y aura passé deux semaines, seule avec maman, dont une accompagnée d'une camarade de classe. Maman allait bien, elle allait mieux.

Pendant ce temps-là, je prépare mollement mon diplôme d'architecte tout en prenant à mi-temps le pouls du métier dans deux agences, dont celle de papa. Je vis seule, dans un appartement trop grand, trop neuf pour l'étudiante que je suis. Je n'aime pas ça, vivre seule, mais j'embrasse le jeu de l'adulte avec sérieux. Quelques jours auparavant, maman m'a proposé de les rejoindre. « Je suis en retard, maman. Qu'est-ce que tu veux ? Non je ne peux pas, ce week-end ce n'est pas possible », lui ai-je menti. « Je t'aime », a-t-elle soufflé en français avant de raccrocher. Elle ne m'aura sans doute pas entendue répondre, moi aussi, « je t'aime, maman ». Cette déclaration me trouble encore aujourd'hui. Autant que l'agitation nerveuse qui m'a sensiblement habitée pendant les semaines qui ont précédé.

Ce week-end-là, j'ai mieux à faire, c'est toujours mieux quand c'est loin de chez nous, loin d'elle, loin de papa. C'est plus facile de se détruire sans témoins.

Ce soir, donc, je retrouve ceux avec qui les soirées joyeuses du week-end se partagent depuis quelques mois. Ce sont des amitiés étranges, masculines, elles me font l'illusion du bien. Olivier, avec qui je flirte à distance depuis quelques mois, ne rentrera pas avant trois semaines de Munich où il vit, et j'ai besoin d'ignorer ma solitude et de me sentir appartenir à un univers qui n'est pourtant pas le mien.

Nous commençons, comme souvent, par arroser les contrariétés de la semaine qui s'achève, avant de nous rabattre sur tel ou tel bistrot.

Celui-là, je m'en souviens. Chez l'Ami Jules. Je m'en souviens à cause du rideau sombre qui flotte derrière sa vitrine sale, comme celle des établissements qui ont mis la clé sous la porte et dont le courrier déborde sur le seuil usé. Je m'en souviens à cause de ces nuages, formés par nos souffles devisant joyeusement, au contact de l'air gelé. Je me souviens de ces vapeurs de nous, grisâtres, dansant dans un ciel noir vibrant sous l'éclairage vacillant des réverbères. Et du lourd velours bourgogne.

En poussant la porte, une bouffée d'air chaud et saturé de vieilles odeurs me tombe dessus, pulsée par une bouche suspendue.

La salle est quasiment vide. De la mosaïque de cantine au sol, du marron aux murs et des nappes à carreaux…

C'est vieillot et ça pue.

Étroitement attablée entre deux poteaux, je cherche à me dégager de l'emprise suspendue de la poutre qui traverse lourdement notre espace aérien. Déjà j'étouffe.

Du vin, trop, accompagne la danse des assiettes, simples mais robustes.

Une joyeuse conversation nous anime un moment avant de s'évanouir, laissant place à un silence inattendu. Encore aujourd'hui, je pense que c'était notre ange qui me tirait sa révérence. Si j'avais su. Si j'avais compris… Peut-être que j'aurais pu dire au revoir, rassurer, accompagner, je ne sais pas… tout sauf être là, et elle là-bas, loin, son corps abîmé, seule, dans l'obscurité au pied d'un arbre pulvérisé.

« On se reprend une bouteille ? »

Chasser la fatigue. L'ennui. Ou les deux.

Plus tard, un des fanfarons insiste pour que l'on partage un dernier verre dans le studio où il vient d'emménager. Il est content de nous faire la visite et nous sert un peu de whisky, ce qui enflamme la causerie bercée par un fond sonore douteux. L'heure tourne lentement et l'enthousiasme retombe. Il est tôt pour un vendredi soir. 23 heures.

« Je vais y aller. J'appelle un taxi. »

Tout est gravé avec précision dans ma mémoire. Un vrai scénario. Dans le fond, on s'en fiche des détails, du nom du bistrot, de la couleur de la nappe, des étages à grimper, des cendriers qui débordent... Pourtant, ils ont une utilité, ces souvenirs en apparence futiles. Ils me protègent. Ils forment un bouclier face à la violence de mes émotions. J'aurais pu crever moi aussi, broyée par l'intensité de la douleur. D'abord, c'est un silence sans résonance, écrasant, un bloc aux arêtes tranchantes qui me tombe dessus. Et puis ce cri, qui lamine corps et âme sur son passage, ce cri qui déchire les entrailles, broie la chair, perce le cœur et éteint la pensée.

Trop sensible et douillette. C'est ce qu'on disait de moi. Hypersensible et en souffrance, parce que si les sensations sont plus vives, elles sont pour certaines moins supportables. Alors ce cri intérieur, il a fallu que je l'étouffe. À force d'une histoire faite de détails cristallisants, de purges rassurantes, de clopes et d'alcool embrumants. Les faits pour éviter la peine, bien certaine.

En découvrant, sur l'écran de mon vieux Nokia, les dizaines d'appels manqués de papa, principalement, quelques-uns de Jen, je sais instantanément que c'est grave. J'imagine tout. Tout le monde. Tout sauf maman, sauf Margaux, les intouchables.

Il ne faudra pas plus de temps pour basculer vers un raisonnement logique et lénifiant : papa a dû rater son train, oublier quelque chose, vouloir me demander de lui rendre service... Parce que c'est ce qu'il fait. À cette période-là. Depuis que je bosse avec lui. M'appeler, sans cesse, laisser message sur message, pour me charger de tout ce qu'il n'a pas eu le temps de faire ou plus majoritairement tout ce qui l'emmerde.

Quand il décroche, je suis à la fois angoissée et agacée, mais à peine prononce-t-il mon prénom que je sens tous mes organes se serrer, la nausée monter.

« Pascale... en venant me chercher à la gare, ta mère a eu un accident... C'est fini. »

Quoi, comment ça c'est fini ? Qu'est-ce qui est fini ? Je ne comprends pas. « Entre lui et moi c'est fini ; les conneries, c'est fini ; c'est fini, la jeunesse, etc. ; ça je peux comprendre » ; mais « Pascale... ta mère a eu un accident... c'est fini », qu'est-ce que ça veut dire ? je ne comprends pas. On ne peut pas comprendre tout de suite. J'ai juste compris qu'il fallait réagir de manière appropriée, j'ai reconnu l'exceptionnel, je suis déjà en pilote automatique pendant que je chute à une vitesse vertigineuse dans un abîme sans fin.

« Seigneur… Papa… et Margaux ? Je t'en supplie, dis-moi que Margaux n'a rien… »

Margaux est sauve.

Elle est chez des amis qui, apprenant l'accident, sont venus la récupérer à la maison où elle attendait seule le retour des parents. Elle passera la nuit chez eux, jusqu'à ce que je vienne, au petit matin, la sortir d'un sommeil agité et nous jeter dans notre nouvelle réalité.

Oh ma chérie, mon bébé, malgré l'immense soulagement, je suis traversée d'effroi à l'idée qu'elle n'a plus de mère. L'espace d'un instant, à la hauteur de ses dix ans, à la lumière de ses attachements, je traverse l'incompréhensible, et le sol se dérobe sous moi.

« J'arrive. J'arrive papa. »

Il ne veut pas que l'on vienne. Il n'y a rien de plus à faire ici. Son frère Arnauld le rejoint, et demain ils rentreront avec Margaux, dit-il. Il est sous le choc. Brièvement, il m'explique ce qu'il sait de ce qu'il s'est passé, soit pas grand-chose. Il y avait du vent, pas d'autre voiture impliquée, peut-être un animal, un tronc d'arbre ; prisonnière de la tôle, ils ont essayé de réanimer maman, quand elle est arrivée à l'hôpital où il l'attendait, elle était déjà partie. Loin. Depuis un moment. Seule.

Tout ne fait pas sens et les questions se multiplient, mais papa, ébranlé, a des papiers à signer, on l'attend. Jen sait déjà.

« C'est moi. Tu as eu papa ? Je prends un taxi. J'arrive. »

Sur le seuil du séjour dont je me suis isolée, je fais craquer le parquet pour retrouver le tableau insouciant de la vingtaine, et les regards alcoolisés se tournent d'un seul œil vers moi. Je dois avoir les traits déformés, car le silence tombe net. Toute force inutile me déserte. Faible et désorientée, j'articule maladroitement qu'il s'est passé quelque chose, qu'il faut que je parte. Vomisse. Hurle.

Ma mère est morte.

Là, comme ça. Boum. *Ma mère est morte.*

Déjà, je n'appartiens plus à leur monde. Sous leurs yeux, j'ai changé de cheptel. Sous leurs yeux électrochoqués, je vacille.

C'est un accident.

n. m : Événement imprévu et soudain qui entraîne des dégâts, met en danger.

Maman est partie. Événement imprévu et soudain.

Qui entraîne des dégâts : l'événement est inscrit dans ma chair tatouée, marquée comme le bétail. Qui met en abîme.

On m'aidera à rejoindre la voie publique, sur laquelle j'ai besoin de m'agenouiller, de sentir le bitume glacé, son irrégularité gravillonnant sous mes genoux, de déjà détourner la douleur. On ira chercher une voiture, je me hisserai à la place du mort. On me dira qu'on est là pour moi. On me demandera où aller, quel est le plan. Le plan, ce sera de passer récupérer, au cas où, deux ou trois affaires, chez moi rue Boursault, et de me déposer non loin de là, rue Lepic, chez Jen qui partage depuis à peine une jolie semaine un appartement avec sa cousine chérie Charlotte. Charlotte, dont ce sera l'anniversaire, une fois minuit franchi. Charlotte, dont c'est déjà l'anniversaire. Voilà. Je pense à ce que ça doit faire d'avoir son anniversaire le « lendemain » de la mort de quelqu'un qu'on aime. Je me demande si, du fond de la nuit bretonne, les rêveries de Margaux saisissent le drame qui s'est déroulé à quelques kilomètres d'elle. J'ai mal pour Jen, si proche de maman, si complice. Et papa, seul avec Margaux ? Jusque-là je ne l'avais jamais vu mettre une machine à laver en route. Pourquoi maman et pas lui ? Et le code de la rue Lepic ? Je me noie dans un tourbillon de pensées pratiques, je panique devant le tableau du quotidien qui nous attend. J'évite ce qui se déroule pourtant inévitablement devant moi.

On a dû s'appeler un certain nombre de fois avec Jen, avant que je ne la retrouve. On a décidé de faire la route de nuit et de gagner le Val-André. Être plus longtemps séparés nous est impensable. L'idée que nous ne soyons pas là au réveil de Margaux nous est insupportable. Adoucir le choc.

S'il n'est pas déjà en route, Arnauld pourrait nous emmener.

« Arnauld n'est pas là, il est à Benodet. Que se passe-t-il ? Que se passe-t-il, ma chérie ? » me demandera sa femme Joëlle d'une voix endormie mais rapidement pressante et inquiète.

Il se passe que.

Il se passe que…

Si j'avais pu, j'aurais protégé un peu cette dimension dans laquelle nous avions encore une maman, j'aurais ignoré que la mort avait frappé la vie et j'aurais enfoui la vérité sous un tas d'histoires folles… Peut-être est-ce ce que j'ai fini par faire, après tout…

Annoncer sa mort, c'était la faire mourir à nouveau, et à nouveau m'éloigner d'elle. Un peu plus vrai, un peu plus loin.

Joëlle nous rejoindra, il n'est pas question de nous laisser conduire seules. « Pauvres petites chéries. »

Bertrand nous retrouvera lui aussi.

Au pied de la rue Lepic, j'ai l'estomac au bord des lèvres.

Jen.

Derrière des yeux gonflés et rougis, son regard bleu a perdu son étincelle électrique. Jen, indéfectible fan de maman. Jen, au caractère volontaire, indépendant, décidé, libre. Jen, à l'esprit fin et au cœur délicat. Jen déjà un peu blessée, un peu fêlée.

Elle me serre fort contre elle. Cœur contre cœur, je peux sentir le chagrin brûler le territoire encore vaste de son insouciance.

J'aspire son affolement, sa détresse m'envahit. Dans quelques heures, celle de papa, abyssale, et la tristesse immense de Margaux imprégneront elles aussi, indélébiles, le moindre contour de chair et d'os, que j'ai déjà de la peine à supporter.

Ensemble, à travers le noir et la brume, nous avons pris le chemin de l'ouest. Avec Bertrand au volant de sa voiture et Joëlle à ses côtés, nous avons partagé un silence d'église. Celui où se mélangent prières, chantages, reproches, bois qui grince et toux. Les yeux clos, je rejoue en boucle ce que j'imagine être la succession des événements qui ont mené à l'accident fatal. Je m'efforce d'y trouver une logique, une raison, une réponse. Comment expliquer qu'un soir comme les autres, sur la route si connue de la gare, elle ait percuté un des sapins massifs qui longent le bas-côté ? A-t-elle eu peur, a-t-elle compris, a-t-elle souffert ? Est-ce le vent qui l'a soufflée de travers, un animal traversant par surprise son chemin, les feux d'un véhicule en sens inverse éblouissant sa vision ? Elle a dû rouler trop vite, elle a dû boire – *non, elle ne boit plus, voyons… Peut-être s'est-elle endormie* – si peu de temps après son départ ? Peut-être a-t-elle souhaité cette tragédie ? À quel endroit, à quelle heure, comment ? Encore aujourd'hui, ces questions continuent de me hanter. Elle roulait vite. Trop vite sur ces routes tortueuses. La vitesse, elle aimait ça. Moi aussi. Je me surprends moi-même à rouler à vive allure en cherchant à retrouver son image, radieuse, riante derrière ses Vuarnet, et la sensation grisante qui l'excitait. À imaginer ce qu'elle a pu ressentir au moment du choc, aussi.

Les larmes coulent sans que je les sente rouler le long de mes joues. Je vois Margaux attendre dans le salon, peut-être trouver le temps long, appeler sur le téléphone de maman. Ouvrir la porte à cet ami de la famille, qu'elle connaît à peine et qui est venu la chercher au milieu de sa nuit. Papa l'a prévenue. Maman a eu un accident, il doit se rendre à l'hôpital de Saint-Brieuc. Ça va aller. Ça va aller, Margaux.

Les lampadaires défilent, le vent déporte régulièrement le monospace sur les files adjacentes.

Je me souviens d'un double espresso serré, avalé autour d'une table haute, ronde, en Formica jaune, sous les halogènes blafards d'une station-service désertée. Je me souviens de la radio qui pulse un air fatigant.

Ce voyage est un trou noir avec vue sur un monde parallèle encombrant.

Déjà deux heures de route. Plus que deux heures. À ce moment-là, je n'ai jamais eu autant hâte que craint de retrouver Margaux.

Il est deux, trois, quatre heures du matin. Le sommeil n'existe plus. Il ne reviendra pas, lui non plus.

À mesure que nous nous rapprochons, l'affolement gagne : l'évidence de sa mort sera indiscutable. L'absence sera tangible. Le cauchemar certain. Ne pas se laisser ébranler. Nous ne sommes pas les premiers. Je ne suis pas la seule. L'effroi ne me semble pas légitime.

Ravaler l'effarement avant l'effondrement.

États des lieux :

La peine et le chagrin, je les ai déjà vus affichés sur les visages pâles et silencieux de nos parents, mais lorsque nous avons enfin atteint la rue des Méduses, franchi le portillon grinçant et pénétré dans la maison, je ne m'attendais pas à être happée par une autre vague scélérate.

La maison est dans l'obscurité et le silence total. Seul le fracas de l'eau contre la digue résonne dans le hall. Arnauld, qui a traversé la Bretagne du sud au nord, nous attend. Papa s'est allongé. Dans le noir de leur chambre, il s'efface.

Lourd comme une pierre, il traverse l'air de sa gravité.

Dans la pénombre, la stupeur inscrite sur son magnifique visage me fait l'effet d'une gifle sèche, claquante et douloureuse. Il geint. De douleur. Voir son père pleurer. Regarder son père pleurer. Et ne rien y pouvoir. Tout s'efface derrière le rideau de nos larmes. Je ne me souviens pas de mots ou de gestes. Seulement d'une solitude abyssale. D'une gêne, aussi. Celle de ne pas savoir quoi faire de la violence du tableau auquel j'assiste ni du sentiment de panique qui m'assaille.

Toujours un peu en retrait.

Déjà un peu en déni. Pas le déni des faits, mais le déni de ce qui me traverse et me bouleverse à ce moment-là.

Résister. Survivre.

Très vite l'aube déchire l'obscurité dans laquelle nous étions tous les six enveloppés, nous protégeant malgré nous de la lumière d'un monde nouveau, un monde sans femme, sans mère. La lumière de la vie qui continue.

Avec l'aube vient le moment de déchirer le sommeil et le cœur de Margaux. Jamais la traversée du Val-André ne m'a semblé aussi longue. C'est Arnauld cette fois-ci qui prend le volant. La brume glaciale et blanche pèse sur le petit hameau de Dahouët. Le crachin aurait été une pluie d'épingles tranchantes, perforant jusqu'au sang ma peau froide, je n'y aurais pas plus prêté attention.

La ramener à nous, la ramener aux Méduses, ramener Margaux à papa, sans lui dire, sans laisser percer l'essentiel, voilà ce que je dois accomplir. C'est le cœur au bord des lèvres, jambes coupées, souffle bloqué, que je traverse un séjour dont l'ordre m'étonne, grimpe un escalier à la volée courte, et pénètre dans la chambre dans laquelle elle est installée. C'est une pièce mansardée, au papier peint vert. Elle dort, lovée dans un édredon lourd de plumes, la lumière allumée à son chevet. Je l'observe en m'approchant du grand lit.

Elle n'est encore qu'une petite fille aux cheveux coupés au carré, espiègle, maligne et joyeuse, avec un bras plâtré quinze jours plus tôt.

Ne pas pleurer, ne pas trembler. La ramener à nous, doucement, tout doucement. Je caresse son visage.

Aux larmes qui, au creux de ses yeux, se sont formées et déformées comme la grève, et à cet éclair de tristesse qui a ombré son visage, assise au bord de son lit, j'ai pensé avoir échoué à la préserver. Je sais qu'elle doit savoir que c'est grave.

Peut-être même savoir tout court.

Mais elle aussi va devoir taire l'insupportable pressentiment jusqu'à ce qu'il lui soit confirmé. C'est au seuil de la chambre parentale aux rideaux tirés que l'image de papa, entouré et anéanti, lui confirmera l'innommable. Et puis il y aura les mots.

« Ta maman est morte. »

Voilà.

C'est dit. Confirmé. Acté. Irréparable, inchangeable. Indélébile.

Ce n'est plus que nous.

Nous les timides, les pudiques. Tous les quatre figés en chien de fusil, nous enlaçons nos chagrins.

Vulnérables, mais ensemble.

Tout ce qui suit jusqu'au lendemain est noyé dans un océan de larmes.

LE TEXTO

Jennifer

Nous sommes à l'été numéro deux. Nous sommes au Val. À mon grand soulagement, les amis et la famille viennent nous entourer. Celle du Lot, justement, nous rejoint : Bertrand et sa femme, Lise, leurs enfants ainsi qu'une jeune fille au pair. Une Néo-Zélandaise du même âge que Pascale. Sa présence se fait ressentir comme une décharge électrique.

Nous endossons un autre visage, une autre identité que celle de la famille du veuf. C'est frais, ça fait du bien, un peu. Papa semble plus aguerri que d'habitude, jusqu'à nous accorder une humeur guillerette qui accompagne parfois sa tonte matinale et nous gratifie d'un petit sifflement léger.

Cette baby-sitter a un air curieux, exotique. Elle a un drôle de look. Elle parle anglais avec les enfants et a une opinion sur tout. Ce qui a l'air d'amuser papa. Elle me rappelle quelqu'un. Son accent peut-être. Sa présence provoque aussi un sentiment sourd, enfoui comme un pli de chaussette dans une botte de ski.

Un beau matin, papa propose de passer la journée à Bréhat. Idée originale tant il aime son échelle et sa pelouse, mais que l'on ne questionne pas pour autant. Nous accueillons la nouveauté avec la nécessité vitale d'un poumon qui se remplit d'air après une plongée en apnée.

Nous organisons donc les départs. Il est décidé que je conduirai l'une des trois voitures de notre caravane improvisée, et que Martha, la jeune fille au pair, m'accompagnera.

J'appréhende le trajet long d'une heure et demie car je vais devoir faire la conversation et je déteste le *small talk*. Je n'ai rien à lui dire et je n'ai pas l'énergie de m'inventer. Mais Martha, sympathique, bavarde et me pose des questions sur tout, surtout sur papa. Aucune sur maman.

Bréhat n'a pas changé. Toujours aussi belle. Douloureusement belle.

La journée se passe sur des vélos de haut en bas des collines, sur des chemins escarpés, parfois étroits, parfois plus vastes. Les équipes se créent naturellement, on se suit, on se dépasse, on se rattrape. On respire surtout les paysages. On rêve de maisons et de leur décor authentiquement délicieux. On s'arrête pour une photo, un goéland, un carreau de fenêtre. On s'attarde sur un massif d'hortensias pour le comparer avec les nôtres et aussi pour se souvenir de l'instant. À chaque coup de pédale, la poussière monte haut dans le ciel, c'est signe de beau temps. On en a plein les narines et ça fait du bien. On oublie un peu d'où l'on vient et où l'on va. Pourtant maman manque.

Nous ressemblons à une suite au coefficient bonheur divisé par la racine, une famille au potentiel de mille joies ratées, se dandinant sous la chaleur, à bout de souffle, avec pour seul et unique objectif celui d'arriver avant la foule de midi au restaurant du village pour une galette saucisse et du cidre brut, riz au lait pour papa, s'il vous plaît.

On répartit les tablées : celle des adultes et celle des enfants. Ceux-ci ont déjà dévoré leur menu qu'ils se courent après en manquant de tout renverser sur leur passage.

« On se reprend une bouteille ? Mademoiselle, s'il vous plaît ! » lance papa d'un claquement de doigts. Il se retourne et reprend le monopole de la conversation. Ça non plus, ça n'a pas changé.

Je succombe maintenant au soleil de midi et à l'alcool dans le sang.

Je plonge dans un autre espace, un infini d'or rouge et de granit rose. Maman apparaît devant moi, passant de l'invisible au presque tangible, là, en l'espace d'une seconde. Ses cheveux d'or rayonnants, sa peau délicatement rosée, le trait blanc sur son nez, le duvet au-dessus de ses lèvres perlé de sueur d'été, son menton plein d'envie, et son petit trou, là, entre les dents, gloussant de rire. Oui, tout est là. Elle est belle, rayonnante de vie. Sans une égratignure.

Nous reprenons nos vélos. Dernière étape, le phare. Pour certains, c'est l'occasion de souffler, pour d'autres de continuer d'explorer à pied l'architecture navale qui se dresse devant nous. Papa se lance en premier. Martha lui emboîte le pas. Bertrand et Lise, eux, se glissent entre les rochers en contrebas. Margaux joue sur la pelouse avec son cousin du même âge. J'hésite à suivre papa dans son aventure mais il disparaît derrière la tour. J'abandonne vite l'idée, il faut bien que quelqu'un reste avec les enfants. Quel sentiment étrange quand, un peu plus tard, je vois réapparaître papa, suivi de près par Martha. Presque ensemble, mais pas tout à fait.

Sur le chemin du retour, Martha et moi restons silencieuses.

La semaine s'achève et je m'apprête à faire le grand saut vers l'Amérique. Pascale rentre à Paris pour finaliser son diplôme d'architecture, papa choisit de rejoindre, avec Margaux, Lise et Bertrand dans le Sud.

Je viens à peine d'atterrir à New York quand je découvre un message de Margaux : « Rappelle-moi, urgent. »

Margaux

Nous ne sommes plus que tous les trois. Malgré la douleur du manque, je garde un souvenir heureux de cette complicité grandissante avec mes sœurs, de cette tendresse, de ce cocon. Et égoïstement… je n'avais plus à m'occuper de personne. Je ne m'inquiétais plus pour maman en partant à l'école et n'avais plus peur d'en revenir. Je n'avais plus à craindre les colères de papa qui trop souvent ne supportait pas de voir maman si faible, si loin. Bien sûr, il y avait toujours une immense peine en nous, mais cette fois, j'avais de la place pour exprimer la mienne. Je me souviens même de m'être dit : « Tiens, on me voit. » Je retrouvais peu à peu ma place de petite dernière, d'enfant.

Nous avons passé ce deuxième été sans maman, au Val-André avec Pascale, Jen et papa. Ce lieu, acquis l'année de ma naissance, avait accueilli l'amour de mes parents comme la plus jolie promesse de « nouvelle vie ». Ce lieu où j'ai vu mes parents s'aimer, se déchirer, où j'ai vu maman pour la dernière fois. Où je l'ai vue partir, et nous avec, différemment. Cette maison, je l'aime d'un amour partagé : je l'aime et je la déteste, car elle me rappelle tout ce qui n'est plus : mes parents. Une vie de famille à nous cinq, eux deux, mes sœurs et moi.

Y revenir, c'était ressusciter cette maison dans laquelle son rire résonne et rebondit encore, du carrelage noir et blanc au bois massif, des hortensias au pin, du soir au matin. C'était retrouver son écriture sur la liste de courses toujours accrochée au frigidaire, et sur le carnet d'adresses près du téléphone. C'était retrouver ses pulls Saint-James et ses chaussures bateau. C'était sourire en passant devant chacune des photos d'elle un peu partout dans la maison. C'était humer encore maman et ses cheveux blonds qui embaumaient son sillage de laque et de parfum Issey Miyake, imaginer ses mains délicates et ses yeux vert azur, émeraude, espoir, son regard « rayon vert ». Cet été de mes douze ans, c'était l'y retrouver un peu, malgré la douleur de son absence brillant de mille feux.

C'était aussi, pour moi, recommencer à pêcher les crevettes et collectionner les coquillages, deviner la météo sur le baromètre, m'endormir en écoutant les vagues, c'était retrouver le mur de la digue gorgé de soleil contre lequel nous nous réchauffions après la dernière baignade de la journée, déguster galettes, crêpes, lait ribot, goûter le sel, le sable, le vent. C'était rire à nouveau, insouciante, gamine. Une accalmie dans la tristesse. C'était un nouveau regard sur l'horizon, celui des possibles, des retrouvailles, de nouveaux chapitres à écrire après des mois de pages blanches.

Mon oncle, ma tante et mes petits cousins sont là. Leur baby-sitter d'autrefois, fraîchement revenue de Nouvelle-Zélande, aussi. Sa vague autorité m'agace. Enfant à nouveau mais sauvage, c'est mon royaume, dans lequel je ne laisse plus entrer d'intrus, et je ne supporte pas que l'on essaye de m'apprivoiser. Seules mes sœurs – maternelles, patientes, compréhensives – ont ce pouvoir. L'étrangère ayant repris ses fonctions de l'époque essaye de remplir sa mission, mais sans les contraintes. Et, de façon contradictoire, je suis exaspérée de la voir « rester avec les grands » au lieu de « s'occuper des petits ». Je ne comprends pas très bien quel est son rôle, ni sa place, ce qu'elle fait là. Il y a quelque chose qui cloche.

Viennent déjà les départs qui se succèdent, mes sœurs de leur côté, puis les « invités » vers un autre refuge familial plus ensoleillé, où il est décidé, comme sur un coup de tête, que papa et moi, restant seuls aux Méduses, les y rejoindrons rapidement.

La veille de notre départ, je reçois un sms sur le petit portable que l'on m'a donné quelques mois auparavant pour que je puisse joindre ma famille s'il m'arrive le moindre problème. Un texto de mon père. « Martha, mon amour… »

J'ai la même sensation que sur des montagnes russes, en pas drôle. Pardon ? Je ne suis pas sûre de comprendre. *Il a écrit ça à la baby-sitter ?*

Parce que la suite du message est encore plus explicite et sans équivoque, j'ai la nausée et la tête qui tourne, j'éprouve un malaise profond. Je comprends aussi l'erreur de manipulation : Margaux – Martha c'est à côté dans le répertoire… Les mots sont là, noir sur blanc, concrets, réels, sur mon petit écran. Ce message est aussi évident qu'improbable. Quelles nuances y apporter quand on ne connaît encore rien à l'amour ?

J'écris à mes sœurs, je copie-colle le texto, je descends sur la plage pour les appeler. Qui est au courant ? Personne. C'est une déflagration pour elles aussi.

Un sentiment de solitude m'enveloppe à nouveau, ici, dans ce lieu aussi béni qu'infernal, et pourtant je suis bel et bien avec cette information encombrante. Je ne veux pas rentrer à la maison et voir cet homme avec ses désirs qui me gênent, plutôt que mon père. Je ne veux pas non plus accepter la réalité. L'espace-temps pour un enfant n'est pas le même que pour les adultes, mais… je trouve que c'est allé vraiment vite. Non ? Je me demande si c'est ça la vie, toujours un mauvais film. Et je me projette déjà. C'est elle qui va remplacer maman ? J'enrage qu'on ne me demande pas mon avis. Je la trouve trop jeune, trop nulle avec les enfants. Elle est mal à l'aise avec moi. Et puis, je ne la sens pas, tout simplement. Est-ce que c'est ça, l'intuition ?

C'est une impatience. Des mains qui se frôlent sous la table, des regards volés. C'est le parfum de sa peau, de ses seins. Envoûtant. Il faut se revoir. Vite. C'est un rendez-vous clandestin.

Le texto que Margaux reçoit ce matin-là est sans équivoque. C'est une erreur d'aiguillage. Une connerie.

Pour nos vacances, nous sommes retournés au Val. Là-bas, nous n'avons jamais été seuls, constamment entourés, chouchoutés, rappelés à chaque coin de digue, combien elle était aimée, belle, douce, drôle, belle, généreuse, drôle, gentille, belle… « On ne l'oubliera pas, non, comment pourrait-on ? Un ange, une lumière, si triste, si injuste, mes pauvres petites, toujours on s'en souviendra. »

Là-bas, son maquillage est encore éparpillé sous le grand miroir de leur salle de bains, son t-shirt de nuit brodé de coquillages, déplié et replié mille fois, s'est immobilisé sur une pile de marinières.

Rien n'a bougé. Ou presque pas.

Malgré tout, la maison bat son plein au rythme d'amis venus d'Amérique et de famille bienveillante, et, à fleur de peau, nous battons la mesure des réminiscences, des larmes qui coulent et des bouteilles qui se vident plus ou moins joyeusement.

Les histoires se succèdent, et au passé bien présent vient s'ajouter un futur aux couleurs des États-Unis : le départ, proche, de Jen pour New York, anime les conversations, fait miroiter les espoirs d'une vie américaine que papa n'a pas eu le courage de choisir quand il en a eu l'occasion. Il est fier, avec raison, et ne se prive pas de le répéter. Les plus jeunes assurent un fond sonore permanent, et l'escalier, monument principal de la maison, résonne gaiement sous la course de leurs petits pieds nus.

L'autre est là.

On se connaît de loin, d'un autre temps. Celui où elle était jeune fille au pair de cousins, maintenant devenus grands. Son expérience en France avait duré une année ou deux, et lorsque, après être rentrée chez elle en Nouvelle-Zélande, elle n'y avait plus supporté l'étroitesse de sa vie, elle était naturellement revenue à Paris où le hasard l'avait remise sur le chemin de notre famille. Elle avait alors été emportée dans les bagages de ces « cousins devenus grands » pour une semaine en Bretagne…

« Surprise ! Regardez sur qui on est tombé ! Qu'est-ce que tu en penses, ce serait sympa si elle se joignait à nous la semaine prochaine ? Elle m'aide avec la petite et elle pourrait vous filer un coup de main aussi. »

J'en pense que je n'aime pas les surprises.

Elle et moi, à part être sensiblement du même âge, nous n'avons que peu d'intérêts et de points communs. Cette demi-inconnue, dans notre maison, c'est l'invasion. Parce que c'était le premier été sans maman là-bas, je voulais l'y sentir, pouvoir la toucher, tenter de la retrouver. Retenir le souvenir. Tout ce qui se met en travers pollue le travail. Tout ce qui distrait souligne l'absence. Et puis, Jen s'en va, et même si je jalouse secrètement un projet dont je rêve moi aussi depuis toujours, toutes les minutes avec elle comptent.

Donc j'en pense vraiment que non, ce n'est pas sympa, ça me soûle même. Je préférerais qu'on soit juste entre nous. J'ai besoin qu'on ne soit qu'entre nous. Alors je l'évite froidement.

Aussi parce qu'à côté d'elle je me sens con. Je parais con. J'ai peur de son jugement, elle qui a pris ses cliques et ses claques, qui a (eu) du boulot, qui ose avoir des opinions, mieux, qui ose avoir des opinions et les exprimer… moi qui suis rentrée vivre chez papa, qui ai mis mon diplôme entre parenthèses, qui stagne… et acquiesce en jouant, mal à l'aise, un rôle qui n'est pas le mien.

La surprise, qui doit donner un coup de main, lit beaucoup, se prélasse d'autant, et protège sa peau diaphane à l'ombre du jardin que papa soigne amoureusement quatorze heures par jour. La plage, très peu pour elle.

Ce matin-là, ils sont assis côte à côte au pied de la porte d'entrée, bloquant ainsi l'accès à la maison, ce qui, si cela avait été l'une d'entre nous, aurait provoqué des remarques paternelles agacées : les agapanthes fragiles et pliant sous le vent, caressant délicatement l'entrée, risqueraient d'être abîmées, le mastic fraîchement enduit sur la traverse inférieure de la porte devrait être reposé, « allez, pousse-toi, c'est casse-pied… ».

Mais face au soleil de midi, et dans un français à l'accent anglais prononcé, elle amuse papa. En les enjambant pour me faufiler à l'intérieur, lourde de courses fraîches, je note l'accumulation d'étrangetés : le choix du seuil, le choix du soleil, le choix du rire.

Il l'écoute, réellement intéressé, deviser politique, écologie, musique et cinéma. Sa culture est grande, sa pensée affûtée.

Papa rétorque, raconte, questionne. Papa s'anime. Papa plaisante.

Papa plaisante et rit à ses propres traits d'humour. Papa charmé charme.

À ce moment-là, je sais. Je sens. L'intuition n'est pas quelque chose que je prends à la légère. J'engloutis la vague imperceptible de répulsion qui me traverse – elle a mon âge, bordel – et que j'irai vomir dans un soulagement naïf et hypnotiseur aussitôt la cuisine en ordre et le déjeuner lancé. Question de priorités.

C'est vrai qu'au cours de l'année passée, j'avais bien espéré que son chagrin s'allègerait un peu, et se disperserait à la lumière de nouvelles joies, de nouvelles rencontres. Je l'avais même peut-être prié, *s'il te plaît Seigneur, s'il te plaît…*

En retournant m'installer dans ma chambre d'enfant, j'avais petit à petit endossé presque tous les rôles… *S'il te plaît, Seigneur, s'il te plaît…* Je ne suis pas une maman. Je ne suis pas maman. Je ne suis pas Kathy.

J'imaginais une femme mûre, solide mais sensible, indépendante mais généreuse, classe mais cool. Une femme qui aurait des enfants et qui saurait accompagner Margaux, reconnaître ses talents, saisir la profondeur de Jen, adoucir mes tourments, comme une mère sait le faire, mais sans prendre la place de la nôtre. Une femme sur qui j'aurais pu me reposer.

S'il te plaît… Une prière illégitime, en forme d'échappatoire, enfouie sous la culpabilité piquante de vouloir remplacer notre mère par une autre, de prendre le risque d'accélérer son oubli. Une requête en forme de mouchoir posé sur des montagnes de tristesse.

Quand je suis redescendue, libérée du malaise qu'avait provoqué leur proximité, les choses avaient repris leur place, papa sécateur à la main perdu dans sa vigne vierge, l'autre dans son transat, cachée sous un vieux chapeau de paille, dévorant un pavé tout corné.

J'ai fermé les écoutilles, baissé les antennes, et ai soigneusement esquivé la danse qui se formait sous mes yeux, jusqu'à ce que la semaine s'achève dans un trou noir et que sans doute je rentre à Paris, puisque c'est là que je retrouve le fil du souvenir :

À l'agence où j'affine mes armes d'architecte. Un matin doux et calme. J'aime y arriver avant tout le monde, et me promener entre les tables à dessin. J'aime y faire entrer la fraîcheur du petit matin en ouvrant grand une lourde porte-fenêtre bordée d'acier rouge qui lie l'atelier à une minuscule cour arborée, et dont la seule vue provoque au fil des saisons autant de joie que de tristesse. L'air circule, la lumière d'un ciel clair et dégagé pénètre vivement à travers le toit de verre qui surplombe l'open space principal du local.

J'y suis encore seule lorsque je reçois une succession de messages de Margaux. Elle est horrifiée et dégoûtée.

« C'est dégueulasse ! Lis ! »

Je lis. J'ai le tournis.

Les lignes sont sûres et précises, érotiques. Et sentimentales. Forcément. Des mots de grande personne, qui soufflent le désir, et le soulagement chaud de ne plus être seul. Je lis, tremblante, une lettre, une déclaration d'envie. J'avale les signes, les phrases qui se succèdent. J'avale l'acte manqué qui nous lie maintenant, l'autre et nous. J'absorbe que notre père est avant tout un homme. Un homme qui s'est planté, un homme qui se plante.

Je relis. Je tourne. Je ne suis pas surprise. Je le savais bien. Haut-le-cœur. Mais je ne comprends pas.

Il se la tape, putain. Il se la tape, vraiment.

J'ai vu toutes les années qui ont suivi se dérouler dans mon cœur retourné... Claire fulgurance d'un désastre annoncé.

En attendant que Margaux descende sur la plage où elle serait libre d'échanger, j'ai cherché à appeler Jen... Conseil de guerre. Comme le font les troupes attaquées. Accorder le discours. Comme le font les parents. Ensemble, nous devons rester ensemble, l'envelopper de sagesse, contenir la colère qui germe déjà.

Debout, noyée dans un nuage de tabac, face à la verrière qui me sépare de l'hortensia dont les quelques énormes boutons bleus habillent le coin décrépi de notre courette, je frotte machinalement ma cuisse sur l'arête supérieure du bureau derrière lequel je me trouve. Plus tard je découvrirai sur ma peau une ligne rougie par l'irritation, que je retracerai tout aussi mécaniquement de la tranche de mes ongles, jusqu'à ce que le sang paraisse.

Je suis calme, pourtant. Avec Jen on a un plan.

Que papa se remette – comme on dit – avec quelqu'un, c'est normal et il fallait bien que cela arrive. On avouera que c'est bon qu'il sorte enfin un peu de sa torpeur.

Qu'il se soit trompé de destinataire, on dira que c'était de la distraction, une erreur de manipulation. Qu'elle ait mon âge est certes inattendu. Mais pas tant. On rappellera que tout ce qui est hors des sentiers battus l'attire, de fait.

« Margaux. Chérie. Je sais. Voyons-le comme un tremplin. Papa ne peut pas rester seul. Je sais, oui, elle a mon âge. Oui ça paraît *fucked up*, mais ça ne va pas durer, ça ne peut pas durer.

C'est peut-être une occasion en or, pour toi, d'avoir à la maison une jeune femme internationale, qui a soif de tout voir : vous allez faire plein de choses ! Et regarde, avec maman ils avaient dix ans d'écart… Et puis je suis là, je serai toujours là. Je sais, je sais, Margaux, mais n'imaginons pas le tout et le pire tout de suite, veux-tu ? Je vais lui parler. »

Pour être convaincante, il faut que je sois convaincue. Oh, j'ai bu mes propres paroles, et j'ai cru à l'arrangement au point de réduire en miettes ma déception.

J'ai ensuite écrasé, sous des dizaines de mégots, mon écœurement.

Comprenez-moi bien : des mois que je l'entends gémir de tristesse et l'écoute confier son errance du cœur ; des mois que je fais tourner une maison dont les murs résonnent de ses colères et caprices ; des mois que ma solitude gonfle à l'évocation quotidienne des histoires d'un temps qui n'appartient qu'à lui ; des mois posés sur des années pilotées par un perfectionnisme maladif et des obsessions aussi esthétiques que philosophiques. Tu seras parfaite ou tu ne seras rien.

Je n'étais rien.

Je sens encore sa main énorme se refermer sur mes cheveux, juste au creux de la nuque, et me traîner à terre parce que je n'ai pas l'air assez contente, j'absorbe encore la vibration de son poing contre mon pupitre d'écolière parce que « putain que tu es con » ; encore aujourd'hui, à chaque fois que je « sors », j'éprouve sa paume chaude giflant puissamment ma joue déjà trop ronde, parce que mal coiffée ou mal habillée. J'ai huit, dix, quinze ans.

Alors ce choix, de cette autre, débarquant des antipodes de ce qu'il nous a appris et imposé, si lointaine des leçons d'être et de beauté dont il n'a cessé de nous gratifier, ce choix je ne peux l'appréhender sans amertume.

Margaux, écoute, je comprends que tu sois choquée, il y a de quoi franchement, mais on ne la connaît pas vraiment après tout. Et je crois qu'il faut faire confiance à papa.

Le soleil encore timide balaie l'atmosphère et danse dans le feuillage que je fixe depuis tout à l'heure. Un papillon blanc s'est posé dans un rai. J'ai souri, serré mes sœurs fort contre mon cœur, et scellé sous une chape de bienséance le vide qui me ronge. *Ferme ta gueule et avance.*

Jennifer

Ah ça, il nous a bien baladées, papa. Il nous a offert un joli petit tour de manège.

Je ne sais pas s'il en était conscient. Je veux croire qu'il a navigué vers son nouvel horizon comme il a pu, aveuglé par la peur et assommé de fatigue.

Martha est entrée dans nos vies un jour d'été breton, et, comme miraculée d'un lointain naufrage, s'est agrippée à notre radeau, pour ne jamais plus le lâcher, nous imposant son style, son rythme, ses carences, ses caprices.

Grâce à elle, cependant, papa se redresse. Elle est celle qui mettra du piment dans sa vie et du sel sur nos plaies d'enfants.

Au début, c'est vrai, j'ai eu du mal à comprendre comment elle faisait pour s'y prendre aussi mal. On a tous eu du mal à comprendre, à vrai dire. Ce n'est pas que nous ne voulions pas de greffe. Comment se refuser à l'amour ou à la bonté ? Une figure féminine et un peu maternelle pour le bonheur de papa et l'équilibre de Margaux, c'était tout ce que nous souhaitions. Margaux et Pascale me racontaient les bavures diplomatiques à répétition, mais je me disais qu'elles devaient un peu exagérer. C'était normal après tout, nous étions encore si sensibles après l'accident. Et puis, j'ai compris.

Nous sommes en état de siège. La situation nous accapare le cortex et fait la une perpétuelle de la gazette familiale. Comment dire, c'est inhibant. On ne parle que de ça. Constamment. Toutes nos conversations y sont consacrées. « Pourquoi », « comment », « ce n'est pas possible », « mais tu plaisantes », « non, malheureusement » reviennent en boucle. On essaie de panser les successions de faux pas et de loupés qui nous laissent toutes les trois en état d'alerte constant. C'est épuisant.

Pour être claire, on aura beau essayer, la greffe ne prendra pas.

Il y aura nous d'un côté, elle de l'autre, papa n'aura qu'à faire la navette.

Philippe, écartelé, le cœur en étoile de mer, toujours pris entre mille feux et espoirs vains, me fait de la peine. Non parce qu'il aura aimé une autre femme que maman, mais parce qu'il est tombé dans le panneau, avec son complexe de Pygmalion. En Martha, il aura trouvé son maître, un plus égoïste que lui.

Je pourrais lui en vouloir d'avoir été lâche, d'avoir préféré sauver sa peau, d'avoir choisi son confort d'homme avant tout, avant nous, ses filles, sa chair, de nous avoir sacrifiées sur l'autel de sa stature en se foutant bien de savoir l'impact que ses escapades, mensonges et omissions auraient sur nous et nos trajectoires de vie.

« Vous n'allez tout de même pas m'empêcher de vivre, merde » est son arme de choix. Un glaive manié avec force et conviction.

Oui, il avait raison, il fallait vivre, après tout.

Pour cela il choisira une femme qui ne nous permettra pas de faire le deuil de maman, une femme qui ne saura ni honorer son existence à travers nous et notre passé, ni tolérer sa présence sur nos murs ou dans nos yeux. Il acceptera, en secondes noces, une femme qui ne nous aime pas. Il laissera la douleur s'instaurer et devenir normalité, il délaissera Margaux pour faire plaisir à une autre. Pauvre pantin.

Il nous le répétera bien assez souvent ; il n'est qu'un homme. Les hommes sont faibles. Ses coups de gueule, sa forte présence, c'est sûrement pour cacher une vilaine cicatrice d'antan et la véritable nature de son cœur sans vaillance. Il n'est pas fier. Il se sent tout petit et découragé, lui aussi incrédule devant les tourbillons de la vie.

Avec la maladie de maman, on l'a vu changer de tempérament, adoucir son trait, ralentir son pas, attentif, alléger ses humeurs, inquiet, pressentant le gouffre près duquel dansait son couple. Il avait puisé la force de se sortir de son atavisme et de raviver le feu de leurs premières amours, et avait remis du rose sur les joues de maman. Pour la première fois, il ne me faisait plus peur, je le découvrais humain. Avec le temps et la distance, il a fini par m'attendrir.

Maintenant que la colère est derrière, j'accepte cet homme comme il est et non comme j'aurais voulu qu'il soit, fataliste.

Je ne garde que le bon, le chaud, le généreux, l'aimant, le lion, l'enfant.

Margaux

Mais non, c'est une passade,

— il en a besoin pour avancer,

— ça lui fait du bien de ne pas être seul, d'avoir son cœur qui bat,

— elle ne remplacera jamais maman, c'est impossible, personne ne le pourra.

Je suis en colère, et j'ai honte, je suis gênée. Il faut que je confronte papa car je dois savoir, comprendre, mais surtout, me protéger : le mettre au courant afin que ça n'arrive plus, et qu'il fasse bien attention au destinataire.

Ainsi, je reprends le rôle de celle qui accompagne, qui explique, qui gronde. C'en est à nouveau fini d'être une enfant.

Comment explique-t-on à son père qu'il a rédigé un sms destiné à sa maîtresse mais envoyé à sa fille ? Comment lui dire qu'il a fait cette bêtise ? Quels mots employer ? Je n'ai pas ce vocabulaire. Il m'intimide.

C'est l'heure du déjeuner, un tête-à-tête dans la cuisine auquel je ne peux pas échapper. Il est temps de lui mettre le sms sous le nez, puisque j'en perds ma voix. Terrorisée par la situation, anticipant la honte, j'avais enfilé mes rollers pour pouvoir partir vite, et loin… « Plus une enfant », et pas encore une adulte.

Il lui a fallu quelques secondes pour comprendre que c'était bien son message, bien mon téléphone, bien son erreur. Et puis la colère est montée. La sienne, qui rafle tout sur son passage, qui ne laisse place à rien d'autre. Une colère qui s'exprime par les mots à travers sa voix qui porte, ses grands gestes et son poing sur la table, un regard noir dans ses yeux verts. Je ne vois que ça, une colère déplacée et injuste. Je comprends aujourd'hui qu'il ne savait exprimer autrement la honte d'être découvert, d'avoir été étourdi, un sentiment de liberté qu'on lui ôtait bien avant qu'il ne puisse en profiter – qu'il s'était retiré à lui-même.

« Mais merde ! J'ai le droit de vivre, Bon Dieu ! Ça me regarde ! Après tout ce que j'ai traversé, j'ai le droit de vivre, non ? J'ai le droit de vivre, merde ! »

Il aurait été plus raisonnable de ne pas me hurler dessus lorsque je lui ai reproché son inattention ; de ne pas immédiatement m'accabler de sa gêne sans réellement se justifier. Il aurait été plus sage de prendre le temps de m'expliquer, et de tenir compte de qui j'étais : sa fille de douze ans. J'ai fui, comme prévu, avec mes rollers, après cette première crise – la première d'une longue série – qui n'était pas celle d'un père et de sa fille mais celle d'un homme maladroit, aveuglé par sa survie, et d'une enfant perdue.

Je suis finalement rentrée, pieds nus, mes rollers à la main. Nous n'avons pas parlé. Nous avons fait nos valises. Il était convenu que nous retrouverions tante, oncle, cousins et baby-sitter dans la foulée de leur départ pour le Sud. En partant, j'ai fait bien attention d'éviter la troisième marche du premier escalier, marche sur laquelle j'avais embrassé maman pour la dernière fois, comme un lien entre elle et moi, comme une façon de lui dire que je ne l'oublierais jamais.

Inutile de décrire le malaise palpable qui s'ensuivit. Notre arrivée sous le soleil et les retrouvailles n'avaient plus rien de joyeux pour moi. Je me demandais si et quand Martha viendrait me parler – elle savait que je savais. Elle ne l'a jamais fait. Je guettais les moindres gestes d'affection entre eux, et je détestais les attentions que mon père n'avait pas eues ces derniers mois et qu'une étrangère réveillait soudainement.

De cet amour clandestin sont nés crises de jalousie, incompréhensions, non-dits et coups bas. Des coups de couteau dans notre vie d'avant. Il y avait dans l'air ce qui s'apparentait à du chantage affectif chez l'une, à de l'inconscience égoïste chez l'autre. Du haut de mon adolescence, j'essayais de tenir à distance cette relation sans bienveillance. Mais cela faisait partie de mon quotidien, de notre relation père-fille. Il était difficile de l'ignorer alors que nous vivions sous le même toit, et que souvent mon père me déversait sans pudeur ses états d'âme.

Je l'ai découvert adolescent à son tour et, lorsqu'ils ne vivaient pas encore ensemble, le prenais souvent en flagrant délit de mensonge. Comme un soir où nous dînions tous les deux au restaurant.

« Allô ? Oui Martha chérie, ne m'attends pas pour dîner… je suis encore à l'agence. Je t'appelle plus tard. »

Il raccroche, et moi je suis abasourdie, je ne comprends pas. Je le regarde avec des yeux ronds, incrédule, vexée, gênée.

« Ne m'en veux pas, ma puce, mais sinon c'est la guerre.

— Ah. Mais… pourquoi ? La guerre de quoi ?

— Tu sais, elle est un peu jalouse, si je t'emmène au restaurant, il faut que je l'emmène au restaurant. Je n'ai pas le courage d'argumenter ce soir. Ni avec elle ni avec toi.

— Elle compte les points ?! Elle est jalouse de quoi ? Je suis ta fille, c'est quand même ridicule que ce soit la compétition…

— Je sais, mais c'est comme ça, laisse-moi faire. »

Ou bien un soir où, rentrant d'une réunion de famille du dimanche, il me dépose au pied de notre immeuble :

« Monte à l'appartement, Margaux, je pars garer la voiture au parking. »

Je monte, je prépare mes affaires pour l'école, je me mets en pyjama. Je vais me brosser les dents. Je me couche. Je finis par m'endormir.

Le lendemain matin, mon radio-réveil s'allume sur le 6/9 de NRJ. Je me lève pour aller prendre mon petit déjeuner. Je remonte le couloir vers la cuisine et passe devant sa chambre. Son lit n'est pas défait.

Je panique. Mon cœur s'emballe, mon ventre se noue. J'ai la nausée, la tête qui tourne, le souffle court. Ça recommence. L'accident, l'attente, l'horreur, la disparition, la solitude, la douleur, l'abandon, l'injustice, la colère.

J'ai le réflexe, comme je l'avais eu pour maman, d'appeler papa. Je veux entendre sa voix, même si c'est celle du répondeur.

« Allô ?

— Papa ???!!!

— Oui ma puce.

— Mais t'es où???

— À l'agence.

— Mais t'étais où???

— Mais ta sœur n'est pas là ?

— Non…

— Désolé, en fait j'ai… j'ai retrouvé Martha hier soir, je suis allé au bureau directement… Je pensais que…

— …

— Non mais pourquoi tu pleures ?!

— …

— Écoute.

— Mais papa !!! J'ai eu peur ! Je suis seule à l'appart' !!! J'ai cru que tout recommençait, pourquoi tu ne m'as pas prévenue !!

— Je n'ai pas pensé – j'ai cru que – enfin, voyons, ce n'est pas grave – tout va bien.

Non. Tout ne va pas bien. Ça laisse des marques indélébiles, ces émotions-là. On enterre tout d'un coup de téléphone, un coup de pelle dans la figure, d'une belle claque qui ravale les pleurs. C'est moi qui subis ses mensonges, sa lâcheté, son immaturité. Il compte sur ma sœur pour jouer le rôle, non pas d'un parent, mais de deux. Il ne pense pas à moi. Il ne me voit pas. Il n'imagine pas qu'après avoir perdu ma maman du jour au lendemain, je puisse m'inquiéter de ne pas le voir rentrer de la nuit.

Suite à cet épisode, je n'ai plus confiance. Je pars au collège avec mon sac sur le dos et la gorge serrée de larmes. Je rentre avec l'inquiétude ancrée de ne pas voir mon père revenir le soir même, sans savoir si ce sera par caprice ou par accident.

Elle a fini par gagner. Un emménagement, un mariage sur plusieurs continents.

À la maison, j'essayais de faire de mon mieux mais la colère prenait souvent le dessus. Je ne pouvais être proche de cette femme qui souhaitait prendre la place de ma mère en étant tout son contraire, et qui nous punissait pour cela. J'essayais, pourtant. Je me disais qu'elle pouvait devenir mon alliée. Je lui parlais de mon cœur, de mes rêves, et parfois en elle je trouvais cette écoute féminine qui me manquait tant sous mon toit. Mais la trêve ne durait jamais longtemps, il y avait toujours une petitesse qui venait anéantir le peu d'affinités naissantes.

LA TENTATION

Margaux

La prise est rapide, impulsive. Un trop-plein qu'il faut remplir jusqu'au vide, ou peut-être est-ce l'inverse, un vide qu'il faut remplir jusqu'au débordement. Un vide qu'il faut faire exister par un autre vide, une absence, un abandon. L'incarner tout entier pour ne plus le subir. Il ne faut pas trop réfléchir, laisser le corps prendre le contrôle pour le perdre entièrement, le corps et l'esprit en souffrance de ne pas trouver leur place. Avaler tout d'un coup, deux, trois gorgées pour que ça passe. Je suis sonnée par l'alcool, la nuit blanche, la solitude malgré la soirée festive. Ce n'était pas prémédité. C'est arrivé comme ça, sur un coup de tête, un coup de manque, de trop ou de trop peu, tout ressentir si fort ou ne plus rien sentir, un manque intersidéral de confiance, en moi, en les autres. J'ai vingt ans. Un bel âge pour mourir.

Je m'allonge.

Mais la nausée me réveille et je peine à soulever les paupières. Ma respiration est lourde et je réalise que je pèse une tonne ; ma tête, mes bras, mes mains, ma poitrine, tout mon corps. Je n'arrive pas à le soulever. Respirer n'est plus un réflexe mais un effort, une nécessité pour laquelle je dois puiser dans mes dernières forces. Malgré la torpeur, je comprends que je suis coincée dans un corps qui s'éteint à petit feu. *Mais qu'est-ce que j'ai fait ?!* C'est une angoisse sourde qui se réveille depuis les tripes, c'est l'instinct de survie qui remonte à la surface. Je dois prévenir quelqu'un, sinon c'est la fin. Et la fin comme ça, je n'en veux plus. Pas parce que je vois ma jeune vie défiler sous mes yeux mais parce que je pense à ma famille. Je dois penser à eux. Je ne peux pas leur faire traverser ça. Pas encore un drame. Pas encore de la culpabilité, de la tristesse, de la colère à ne plus savoir où la ranger tellement ça déborde. J'aurais aimé partir sans faire de mal à personne.

Mon amie Céline, que j'avais vue la veille, essaye de me joindre à plusieurs reprises. Instinctivement, elle sait que quelque chose ne va pas. Elle continue de m'appeler, sans discontinuer, et je finis par réussir à lui répondre. À ma voix, son inquiétude se confirme. Je gémis. Je lui dis, avec des phrases brèves et non articulées, que je vomis, beaucoup, que j'ai pris des médicaments, beaucoup, et que je suis dans ma salle de bains. Ce qu'elle m'explique plus tard, c'est qu'elle ne comprend pas, à ce moment-là, que c'est une tentative de suicide. Elle pense que je suis vraiment malade, que je l'appelle à l'aide : mon père est au Japon pour son voyage de noces. C'est peut-être une vengeance inconsciente de ma part de leur gâcher le séjour, leur rappeler que je suis encore là, que j'existe, que j'ai besoin de trouver ma place dans cet univers.

C'est lorsqu'elle arrive qu'elle se rend compte de la gravité de la situation.

Les pompiers m'emmènent à Cochin. Je ne dois surtout pas m'endormir. Céline prévient ma famille.

Et c'est Pascale qui vient jouer tous les rôles. C'est elle qui vient me câliner, m'enlacer, me rassurer, me porter, m'aimer, me consoler, m'écouter, m'apaiser, m'engueuler, m'aimer m'aimer m'aimer, malgré le cocktail explosif d'inquiétude et de colère qui la submerge, et qui la fait d'abord remercier sèchement mon amie devant ma chambre, avant d'y entrer. À partir de maintenant, elle gère. À nouveau.

J'ouvre péniblement les yeux. Ma sœur est assise sur le bord du lit. Elle me caresse timidement la main, le bras, le visage. Je n'ai pas assez de forces pour parler. Je suis absente, encore sonnée. Je ne réalise pas très bien.

Sa colère éclate.

« Putain mais tu es complètement folle, Margaux ! Qu'est-ce qui t'a pris ? Tu te rends compte ?! Tu te rends compte de la peur qu'on a eue ? T'as pensé à nous, un peu, merde ? Mais qu'est-ce que t'as fait ?! Pourquoi ? »

J'avais envie de répondre que oui, j'avais pensé à eux, que c'était même eux qui m'avaient sauvé la vie. J'avais envie de lui dire que c'était bon, que j'étais là, encore là, que me crier dessus n'apaiserait pas nos peines viscérales. Cela aura eu le don, au moins, de me réveiller. Pour de bon. Et peut-être même de me donner à voir l'ampleur de son amour… Mais je réponds seulement : « Je ne sais pas. »

Après avoir vu les médecins, je dois rester internée dix jours minimum, d'abord pour s'assurer qu'il n'y ait pas de séquelles physiques, ensuite pour être surveillée et suivie de près. Les journées sont interminables, les heures passent péniblement. Une fois les sédatifs évacués de l'organisme, le sommeil se fait rare, difficilement accessible malgré la fatigue lourde, étouffante, étourdissante. Je reçois des lettres et sms qui m'émeuvent, me rassurent, me donnent une place… Tout ça pour ça ? Tout s'évapore vite. Je refuse d'aller prendre mes repas dans ce qu'ils appellent la cafétéria, « la salle commune ». Cela me coûte une énergie folle, et me déprime davantage. Être confrontée aux autres « suicidaires » me gêne : je ne suis pas comme eux. Je ne sais pas si c'est une horrible et honteuse forme de snobisme, d'illégitimité, de révolte ou de survie, mais je ne veux pas être eux, me mêler à eux, je ne veux pas savoir ce qui les a conduits à ce geste, ce qui les a retenus, ramenés à la vie. Je n'ai pas envie de parler. J'ai honte.

Je dois demander une autorisation et une assistance pour utiliser le moindre objet qui pourrait être dangereux pour moi-même, comme mon chargeur de téléphone, par exemple. Je n'y avais pas pensé, mais j'aurais pu m'étrangler avec le câble. Là, je me suis dit que j'avais quand même assez envie de vivre.

De l'équipe médicale, le Dr Moulin était le seul à qui j'ai accepté de m'ouvrir. Il m'écoutait avec curiosité, sans complaisance ni faux-semblant, sans me dire ce que je voulais entendre. J'avais l'impression d'être bousculée de la bonne façon. Et c'était la première fois que l'on me demandait si je pensais que ma mère s'était suicidée. La première fois que quelqu'un mettait des mots sur ce que je n'osais pas même penser. C'était la première fois que je réussissais à parler de ma culpabilité de l'avoir laissé partir.

Quand j'ai pu sortir de l'hôpital, ma sœur a refusé de me laisser seule. Nous nous parlions enfin entre adultes lors de nos nouvelles balades quotidiennes. Nous parlions plus profondément. Nous nous sommes rapprochées, nous sommes devenues complices.

Pour moi, c'était « un mal pour un bien », l'issue positive inattendue d'un drame. Je me souviens avoir dit, comme pour justifier ce geste désespéré et égoïste, que j'avais eu besoin de toucher le fond pour me donner l'ultime impulsion, le coup de talon nécessaire pour remonter à la surface. Et pour que cela fonctionne, il faut des êtres courageux avec soi.

Et toi, Pascale, tu es l'une des plus courageuses que je connaisse. Tu as un feu intérieur qui brûle pour ceux que tu aimes, et qui se propage. Le goût du partage, de la transmission, la générosité d'âme et de vie qui te prend parfois tant d'énergie. Je sais qu'on se comprend. Je sais que tu sais que cette petite bête noire qui grignote l'énergie, la joie, l'envie, n'est pas si facile à trouver et à détruire, qu'elle est parfois discrète, parfois lancinante, qu'il lui arrive de s'absenter, mais sans jamais vraiment partir.

Tu es une pierre précieuse, mais laquelle ? L'émeraude comme tes yeux qui se posent avec tendresse sur ceux que tu aimes, avec gourmandise sur ce que tu goûtes et ce que tu crées, avec curiosité sur ce qui t'anime et t'inspire ; le diamant, pur, rare, brut, lumineux comme ton cœur ; le saphir, comme l'océan que tu aimes tant et qui, je crois, t'apaise comme rien d'autre, celui qui te berce, te lave, t'appelle, te console et t'a appris à naviguer sur la vie dans les pires tempêtes ; le rubis couleur sang, couleur rage, couleur colère qui te dévore de l'intérieur. Tu ressembles à maman et c'est vrai, parfois, c'est déroutant, vous avez les mêmes cheveux d'or, la même dépression insidieuse, la même douceur dans le regard, la même délicatesse, mais tu ressembles surtout à toi, tout entière, tu es toi, à ta place.

Et c'est quand je suis sortie de l'hôpital que tu as été toi : ma sœur. Pas une deuxième maman. Mais dans ce rôle, tu as su garder cette maternité dont j'avais besoin. Avec ton écoute absolue et tes mots tellement justes, avec ta force qui ancre et rassure, ta fermeté qui laisse parfois deviner ou devenir ta fragilité, avec tes talents inspirants. Tu m'as guidée dans l'univers de la photographie avec tes « photos concept », tes cadrages décalés, tes couleurs Martin Parr ou Guy Bourdin, tes voyages extraordinaires, les livres que tu mets en pages. Tu m'as guidée dans la générosité lorsque tu reçois les gens que tu aimes, aucune attention ni aucun détail ne t'échappent, même quand je débarquais dans ton cocon familial à toi, à l'improviste pour une soirée pyjama. Tu prenais soin de moi avec mes plats préférés, tu sortais ton pyjama doudou pour que je l'enfile, tu me faisais couler un bain, parce que tu savais que je venais me réfugier dans le creux de ton univers, comme dans le creux du cou des gens que j'aime, pour trouver mon réconfort et reprendre des forces. Tu m'as guidée, subtile, avec tes mots laissés comme ça, parce que sûrement tu étais trop pudique pour les dire de vive voix…

Tu me guides. Toi, tout entière.

Pascale

Je n'ai pas entendu ta détresse, je n'ai pas vu ta souffrance. J'aurais dû reconnaître le poids de la solitude qui t'écrasait. J'aurais dû te prendre dans mes bras chaque fois que je le pouvais, te gratter le dos et coiffer tes cheveux. J'aurais dû t'écouter. J'aurais dû te voir.

J'avais prévu de t'appeler pour te proposer de venir dîner avec moi. Ni mon mariage ni la naissance de mes enfants n'ont vraiment perturbé le fond de notre complicité. Au contraire.

Olivier, « *he's the one* » m'avait glissé maman après l'avoir rencontré, est coincé en réunion pour la soirée et tu n'es pas venue depuis longtemps. Tu me manques. J'adore ces soirées improvisées où tu débarques, joues, souffles, et prends le temps d'être toi-même avec nous.

Et puis j'ai oublié.

Étudiante, tu vis maintenant avec papa et Martha, que tu supportes mal. Tu essaies pourtant, pour papa surtout, d'arrondir les angles de ton antipathie pour elle. Leur appartement est beau, mais tu n'as pas vraiment de chambre à toi. Alors tu évites d'y être quand ils y sont aussi. Je ne sais pas trop où tu traînes, et je préférerais te savoir chez moi.

Dans le taxi qui me conduit aux urgences de Cochin, je ne sais pas ce qui s'est passé. Seulement que tu étais si fatiguée de chercher ta place dans cette nouvelle configuration familiale que tu as voulu te reposer pour toujours. À l'heure qu'il est, je ne sais pas si tu es encore en vie, et je tremble, agitée par le ricochet sans fin de la peur contre mon corps. Je tremble si fort que les images s'entrechoquent dans ma tête, et brisent ma pensée.

Il faisait déjà nuit quand je suis rentrée à la maison. J'étais en retard, comme souvent depuis que je suis à mon compte, et la nounou s'est échappée au moment où j'ai franchi le seuil de la porte. Elle a trois enfants elle aussi et habite trop loin pour s'attarder en un petit bavardage résumant la journée de ma progéniture, que je retrouve à table, assiettes vides, attendant bruyamment que je prépare les crêpes que je leur avais promises le matin même. *Merde. Ça aussi m'est sorti de la tête.*

Au même moment, mon téléphone a sonné et j'ai appris que tu avais avalé tout ce que tu possédais d'antidépresseurs, anxiolytiques et somnifères. On m'a demandé de ne pas paniquer et de venir au plus vite. J'en ai eu le souffle tellement coupé que j'ignore ce qu'il s'est passé jusqu'au moment où la gardienne est montée prendre la relève, sans questionner l'urgence avec laquelle j'avais dû la presser : l'onde du drame se propage en vibrations qu'on ne peut ni éviter ni ignorer.

En route vers toi, je me retiens à ton beau sourire soutenu par tes deux billes vert-de-gris derrière lesquelles se tramait ton désarroi.

Chez nous, la dépression est atavique et a déjà mutilé notre grande et belle famille.

J'essaie de ne pas penser au pire, que l'on ne connaît déjà que trop bien, les pompiers sont arrivés à temps.

Une averse se met à battre fort, mais j'ouvre quand même grand la vitre, j'étouffe, je suffoque. Sortir de ma torpeur. Le chauffeur ne dit rien, lui aussi a compris. Il me laisse mêler la pluie à mon visage déjà trempé de larmes. J'enrage de ne pas avoir su te lire. J'enrage contre le sort qui s'acharne, Martha qui, si jalouse, t'a tenue à l'écart de ton seul parent, contre les handicapés du sentiment, les silences, les non-dits.

L'idée que je ne te verrai peut-être plus, l'idée de ta tristesse clandestine a déchiré mes entrailles. Tu n'es pas ma fille. Mais c'est comme si.

Avec toi, c'est différent d'avec Jen. Elle et moi, nous avons grandi ensemble, côte à côte, rivales parfois, solidaires et complémentaires la plupart du temps. Même si j'ouvre la voie et éclaire le chemin, elle imprègne et apprend le monde en même temps que moi. Souvent mieux, même. Et ensemble nous sommes, tels des tournesols et leur soleil, tournées vers toi.

À toi, il faut te transmettre. Il faut couver et encourager, protéger et soigner. De toi, j'ai surveillé l'enfant que tu n'étais déjà plus, portant la maladie des cœurs en berne, traversant le deuil quand tu aurais dû jouer avec les rayons dorés de l'insouciance. De toi, j'ai chaperonné toutes les transformations et appris toutes les nuances teintées de la coloration à domicile. J'ai écouté, émerveillée, le piano résonner sous tes mains agiles et passionnées, et j'ai accompagné tes rires contagieux. Impressionnée et fière, je t'ai regardée emprunter brillamment des chemins si différents des miens. Je t'ai suivie du regard, et soignée le temps de te remettre de tes chutes. Avec toi, j'ai appris à nourrir le cœur par le corps, et à donner patience aux impulsivités de l'adolescence.

J'ai appris la joie difficile de faire des choix, de s'y tenir et de les assumer. Et dans un même élan inconditionnel je n'ai cessé de m'inquiéter et de me réjouir pour toi.

Avec toi, parce que maman n'est plus là, j'ai appris à être un peu mère avant d'avoir jamais donné naissance. Je ne suis pourtant que ta sœur. Et maintenant, je prie et je supplie ces anges qui soi-disant nous gardent de faire leur job, putain, et de te garder près de moi.

Je n'ai encore prévenu personne. Tétanisée, je compose plusieurs fois le numéro de Jen avant de confirmer l'appel. C'est l'après-midi pour elle. Je sais le mal qui va la transpercer, je sais tout l'amour qu'elle a pour toi. Je sais qu'elle voudra anéantir les heures et les kilomètres qui vous séparent mais qu'elle ne le pourra pas et qu'elle en aura le cœur au bord des lèvres, et cela me révolte pour elle. Je n'aime pas que nous soyons séparées. Je ne sais plus vraiment ce que nous nous sommes dit, seulement que je la rappellerais quand je t'aurais vue.

Je n'ai pas encore parlé à papa non plus. Il sillonne le Japon avec sa douce pour leur énième voyage de noces, un seul ne suffisait pas. Je voulais le protéger lui aussi de la déflagration que l'annonce allait provoquer. Je voulais savoir, je voulais te voir d'abord.

Mon bébé.

Je tremble toujours aussi fort lorsque l'entrée des urgences se profile enfin au bout de la rue et que le conducteur discret me souffle « Bon courage », alors que je m'échappe de son véhicule.

Livide, la peur au ventre que je n'ai pas nourri depuis des jours, je retrouve, dans une salle puante et grouillante de tragédies, notre cousine Charlotte, qui a eu la lourde tâche de me prévenir, et ton amie-sœur Céline. Comment étaient-elles, elles, au courant avant nous ? Ce n'est pas clair, je n'y comprends rien, elle me parle de contact d'urgence et j'en conclus que nous n'en faisons pas partie. Cela me terrasse de chagrin.

Je n'avais jamais questionné ton degré de confiance en nous, en moi.

Il fait trop chaud, j'ai le vertige, je ne veux pas m'asseoir. Il faut attendre. C'est insupportable, que te font-ils, là, de l'autre côté, là où l'air est glacial et les lumières blafardes ?

Je t'imagine intubée, inconsciente, entre la vie et la mort, dansant avec maman qui serait venue te chercher. Je nous imagine déchiquetés par la douleur, le vide.

Ironiquement, tu n'y as pas été de main morte, me disent-elles. Tout ce qui traînait y est passé.

Mais alors que tu commençais à sombrer dans un faux sommeil, tu as fait quelque chose d'incroyable. Tu as alerté les pompiers. Par sms. Deux fois. Une fois pour les prévenir de ce que tu avais fait, et une autre pour leur demander de ne pas venir. Dans un même mouvement ouaté, tu as aussi texté ton geste à Céline qui, par chance, était sur son téléphone au même moment. C'est elle qui a averti les secours, et Charlotte dont elle avait les coordonnées.

Les questions sans réponse s'accumulent, les faits s'embrouillent, la colère fait surface.

En col roulé et jean trop serré, je longe les murs de la cage bleu ciel qui me sépare de toi, les nerfs à vif, jusqu'à ce que, des heures plus tard, on vienne enfin me chercher. Le temps s'arrête, tu sais, comme un cœur sans oxygène, suspendu à un mot, un regard qui soulagera le tourbillon des si… Tout ce que j'ai entendu c'est que tu es maintenant hors de danger. Respire. Respire.

J'ai récupéré manteau et sac, embrassé les filles sans doute sèchement, et suivi le docteur jusqu'à ton box.

Tout était calme et blanc. Doux et figé. Tu dormais, toute faible, alitée au milieu d'une pièce carrelée et vide. Elle m'a surprise, cette tranquillité apparente, et effrayée aussi, comme la mer qui s'aplatit paisiblement avant de se déchaîner sous le choc d'un vent tourmenté.

Je t'ai regardée longtemps, et autant que possible à travers un rideau de larmes retenues, avant de caresser ton front chaud.

Tu as péniblement ouvert les paupières, lourdes d'émotions et de drogues, une larme a glissé le long de ta joue et tu m'as demandé pardon, parce que c'est ce que tu fais, tu demandes pardon, tout le temps, à tout le monde, comme pour t'excuser d'être là et d'être toi.

C'est moi qui te demande pardon. C'est moi.

Nous avons échangé un petit sourire, je t'ai, pudiquement et sans doute mal, prise dans mes bras, et j'ai évoqué la suite du traitement à court terme avant que tu ne sombres à nouveau. J'en ai profité pour m'éclipser et enfin prévenir papa.

Parce qu'ils te laissaient seule, il avait pour une fois jugé bon de me donner les détails de leur périple.

À Kyoto, il était déjà minuit passé et, du front desk à sa chambre, mon cœur aurait pu exploser chaque fois que la sonnerie retentissait dans le vide.

Je ne me souviens que de sa voix brisée entre deux silences. J'ai eu mal pour lui d'être absent. J'ai eu mal pour toi parce qu'il était absent. Encore et à nouveau, tout occupé à satisfaire les caprices de sa femme. J'ai soudainement eu envie de lui hurler dessus, *C'est encore à cause de toi, c'est encore parce que tu ne penses qu'à toi !* mais j'ai ravalé colère et fatigue pour le rassurer autant que possible. Ils allaient rentrer par le premier avion disponible dont ils ignoraient qu'il ne le serait que trois jours plus tard. J'étais soulagée de lui avoir parlé. J'étais soulagée de pouvoir lui dire que tu allais, que tu irais bien. J'ai aussi rappelé Jen à qui j'ai relaté en détail l'enchaînement des événements, essayant de calmer son chagrin palpable. J'ai échangé quelques instants avec Olivier pour qu'il prévoie de s'occuper des conduites à l'école le lendemain et lui dire de ne pas m'attendre. J'allais rester avec toi.

De retour à ton chevet, les tempes battantes, je t'ai trouvée éveillée et paniquée à mesurer les conséquences du pot-pourri de tes sentiments.

Demain tu seras transférée en psychiatrie pour ados et jeunes adultes. Demain tu commenceras le travail de compréhension et de réparation. Demain, à force de t'entendre dire « Je ne sais pas pourquoi j'ai fait ça, je ne sais pas pourquoi j'ai fait ça », emportée par la fatigue, le stress et l'ignorance, je perdrai les pédales et te hurlerai dessus, refusant que tu ne puisses clarifier les mille et une raisons qui t'ont poussée à chercher un repos éternel, et suppliant que tu réalises le trésor de ta vie, au point d'être escortée hors de ta chambre par le chef de service. J'ai encore honte de ce moment, piloté impulsivement par une colère sourde, celle d'être passée à côté de toi et d'avoir risqué ta précieuse personne, moi qui pensais bien faire, moi experte en flirt avec ces zones noires, j'aurais dû savoir.

Puis, après des centaines d'emails, de textos et des heures au téléphone – tu n'imagines pas l'amour qui a déferlé autour de toi à ce moment-là –, papa est rentré. Cela faisait trois jours et deux nuits que tu tentais de reprendre forme dans ce service extraordinaire et que je veillais seule sur toi, le plus discrètement possible, en abusant de toutes les heures de visite autorisées.

Quand nous nous sommes retrouvés, il s'est mis à pleurer, les traits tirés par le voyage et l'inquiétude qui hante les nuits sans sommeil. Il avait vieilli. Je crois que moi aussi. J'ai eu de la peine pour lui, tout à coup si petit et vulnérable. Il t'a ramenée à la maison et la tension a atteint son comble pendant quelques semaines tant nous avions peur que tu recommences. Pas une seule seconde nous ne t'avons laissée seule. Tu es souvent revenue dormir chez moi et je te bordais comme autrefois. Petit à petit, tu as retrouvé le sourire, l'envie de chanter, le goût du soleil et de la vie. Tu as travaillé dur, de concert avec nous, pour te défaire de tes démons de l'époque, et nous, de concert avec toi, pour les exorciser.

Jen ne pouvant s'y joindre, la thérapie familiale qui nous avait été imposée a été à bien des égards une aventure aussi désagréable que constructive, l'un n'allant pas sans l'autre.

On s'en est tous pris plein la gueule, on n'avait pas le choix, après s'être engagés à faire bouger nos dynamiques et à grandir ensemble. C'est si inconfortable de grandir. Ça brûle et ça grince de l'intérieur, par poussées fiévreuses et douloureuses. Mais au fil des mois, notre rendez-vous thérapeutique hebdomadaire s'est transformé en réunion familiale addictive malgré les cris, les larmes et les bombes larguées sans filtre sur nos territoires intimes déjà brisés. On en ressortait bousculés, allégés, rapprochés et, comme si se nourrir les uns des autres ne suffisait pas, nous poursuivions la séance autour d'un dîner improvisé ici ou là. Chacune appelait ensuite Jen pour partager le fil rouge des étincelles de la semaine. C'était dur de ne pas l'avoir avec nous.

LA CHUTE

Pascale

Jennifer.

Ton prénom, tu le dois à cette cousine américaine dont les grands yeux bleus malicieux m'avaient fascinée tout l'été qui a précédé ta naissance.

J'ai quatre ans, une main tenue fort par celle de maman enceinte de toi, lorsqu'elle me demande comment te prénommer, sans s'imaginer sans doute qu'elle me donnera raison avec papa.

Jennifer. Jennifer. Jennifer.

Je ne t'imagine pas autrement. Sœur. Belle, douce et maligne.

Je te vois complice de futurs coups, de mille et une cachotteries, confidente, amie. Je t'adore déjà.

Quelques semaines plus tard, pourtant, dans la voiture qui te ramène à la maison, je suis un moment déstabilisée par un sentiment nouveau, je brûle d'envie de garder pour moi le cadeau que j'ai mis longtemps à choisir pour t'accueillir : une maison plate et verticale, ouverte sur son intérieur de bois naturel avec de petites figurines cousues de doux tissus et des miniatures représentant, ici ou là, un lit, une table : bienvenue chez nous, ma sœur.

J'ai quand même hâte de te découvrir.

Quand je rentre de l'école, je fonce droit vers le couffin familial où je te retrouve, en général, béate de lait. Normalement, c'est maman qui me soulève pour me mettre à ta hauteur et me permettre de t'admirer, et peut-être jalouser, un tout petit peu, ces journées douces et répétées au creux des bras de notre mère.

Cet après-midi-là, je ne déroge pas au rituel, mais au pied de ton berceau se trouve maintenant une petite malle noire aux angles décorés de chrome. Elle est arrivée des États-Unis, pleine de jolies choses pour toi.

Depuis que tu es là, on ne cesse de me dire que je suis grande maintenant, et que je dois apprendre à me débrouiller seule. Crois-moi, cela fait bizarre, ces injonctions radicalement nouvelles. Avant, je n'avais pas vraiment de questions à me poser.

Il ne m'en a donc pas fallu plus pour voir en la cantine de voyage l'occasion de prouver mon indépendance : j'allais venir te saluer par moi-même. Mon indépendance n'étant pas plus haute que trois pommes, je ne pouvais me hisser jusqu'à toi sans prendre appui sur le bord du berceau où tu te lovais. En me tirant, impatiente et un peu fière, sur le haut de la malle, j'ai fait basculer ton couffin et toi avec.

Ton premier accident. Ton premier miracle. Ma première gifle.

La chute t'a à peine perturbée et tu n'as souffert d'aucune blessure, la haute et douillette coque a amorti le choc à ta place. Maman, qui en une fraction de seconde avait assisté à la scène, a perdu son calme, après s'être bien assurée de ton bien-être.

Plus tard, papa me sermonnera sur un ton que je ne connaissais pas et qui me fait peur. J'ai quatre ans, je suis une grande. Une grande stupide, idiote, irresponsable. Je vais être punie.

Je ne comprends rien. Je t'aime, moi. Je n'ai pas fait exprès de t'emporter dans mon ascension vers toi. J'ai fait ce qu'on me demandait : je me suis débrouillée seule. Mais je récolte une pluie de mots qui sonnent la déception et une joue rougissante sous la claque maternelle, puis une autre sous la main sèche de papa. Je les ai entendus dire que j'avais fait une crise de jalousie.

Je ne suis pas jalouse. Enfin, pas vraiment. Je veux juste que tu m'aimes comme je t'aime, moi. Aussi j'ai un peu peur que tu ne veuilles pas jouer avec moi.

Mais à présent on me tient à distance.

Jennifer, Jenny, Jen. Jolie fleur. Jolie sœur.

Tu es si fine, si joyeuse. Tu portes la joie et le juste en toi. Tu danses et chantes avec la légèreté des innocents. Tu as mille et une idées qui te portent à travers des contrées imaginaires que je n'ose approcher. J'aime quand tu es près de moi, cela me rassure, même si souvent je ne suis pas très sûre de comprendre ce que tu y fabriques. J'admire ta volonté et ton énergie. Et ton sourire. Ô Seigneur, ce sourire qui dit au monde : « Viens ! Je t'attendais ! »

Mais aussi, il m'arrive de te détester. Surtout quand tu viens piquer une de mes marinières Agnès b. que tu portes mieux que moi, ou que tes bulletins de notes affichent ouvertement des capacités que je n'ai pas, ou que tu brilles en retenant sans difficulté tes rôles dans *Le Petit Prince* ou la comtesse de Ségur ou encore en prononçant des mots comme péripatéticienne, que je n'arrive pas à imprimer dans l'ordre de mon cerveau – que je comprends aujourd'hui – dyslexique.

Alors je te claque la porte au nez, te tire les cheveux. Tu te fous de ma gueule et me tends des pièges. On ne pouvait pas, en apparence, se saquer. Au point que je t'ai envoyée aux urgences un soir pluvieux d'automne pour une histoire de brosse à cheveux qui a déchiré ton si joli sourire. Tu gardes au coin de ta lèvre cette petite cicatrice qui me rappelle la colère d'avoir honte de qui je suis ou la honte d'être en colère contre ce que je suis. Je ne sais plus très bien.

Mais quand les parents s'engueulaient, je venais me coller contre toi, et on se racontait des histoires sans queue ni tête pour tenir à distance la fureur qui ravageait soudainement la maison.

Malgré cela, il nous en a fallu du temps pour nous retrouver.

Autour de Margaux, pour commencer. On se prenait déjà pour ses mamans, et nos emplois du temps de lycéenne pour moi et de collégienne pour toi s'accordaient de plus en plus fréquemment pour partager avec elle encore un peu d'enfance.

Puis autour des sorties, des bars et des boîtes de nuit : à deux on était plus fortes pour négocier une heure de plus, couvrir le mur de l'autre et confirmer les raisons improbables de nos retards. On clopait, on buvait, on dansait. Quand le matin je me faisais tirer du lit, « et sans faire la gueule s'il te plaît », tu descendais me rejoindre dans la corvée qui m'avait été assignée pour sanction de ne pas être digne de confiance.

Puis maman a commencé à dérailler.

J'avais déménagé de l'autre côté de la Seine, et tu bossais à l'autre bout de Paris. Ensemble nous nous sommes réparti des temps avec elle, mais aussi les courses, les repas, le linge. Papa n'était jamais là.

Margaux était de plus en plus livrée à elle-même, alors nous nous sommes aussi relayées pour les conduites à l'école, au conservatoire, aux anniversaires. On s'appelait quotidiennement pour se rassurer l'une l'autre. Margaux venait régulièrement dormir à la maison. Et quand ce n'était pas elle, c'était toi. On invoquait les esprits et organisait des fêtes magiques.

Après l'incident de la hache, papa avait réalisé l'étendue de sa violence et faisait de son mieux pour la dompter. Toi et moi, interdites, étions à la fois touchées et impressionnées par ses efforts sincères.

Quand maman a quitté la route, on a fusionné notre chagrin. Et nos responsabilités.

Puis, je n'ai pas compris. Tu es partie guérir ta peine à New York. Et, tu le sais, je t'en ai voulu. Beaucoup. Nous nous étions toutes les deux réinstallées avec papa et Margaux, et tu m'y laissais seule, en charge de tout et de tous, dans le chaos qui était le nôtre. Mais ton élan a vite brisé mes résistances, et sous mon inquiétude et mes reproches, c'était un grand bonheur que de pouvoir observer ta soif de grandir prendre sa revanche sur le drame qui nous avait cloués au pilori deux ans plus tôt.

New York est ainsi devenue une deuxième maison. Je t'y retrouvais pour un week-end ou une semaine, seule ou avec des surprises dans mes bagages, souvent autour de ton anniversaire.

Jennifer. Tu as le prénom parfait pour une vie américaine.

Tu sembles heureuse. Tu aimes ta vie là-bas, et j'aime t'y voir à l'aise et épanouie.

Tout n'est pas rose, évidemment ; quand tu as le cafard, on abuse de Messenger et je saute dans un avion dès que je peux pour te prendre dans mes bras.

Quand tu es tombée enceinte, je t'ai accompagnée à ta première échographie et ta fille est née trois mois avant la mienne. Elles sont comme nous, à la fois si différentes l'une de l'autre, et si complémentaires.

Quand tu as traversé le divorce, nous avons beaucoup parlé. Tu ne m'avais pas tout dit. J'ai découvert ta pudeur et ta difficulté d'être. Avec toi, rien n'est linéaire.

Jen. Ma Jen. Je t'aime, tu sais.

Je n'ai pas eu de tes nouvelles aujourd'hui, je te sais occupée, tu as maintenant un poste prestigieux et, plus important, nos silences ne me font plus peur.

Je suis moi-même affairée dans un lundi soir de février, fatiguée par un week-end trop festif et une journée chargée. Je suis rentrée plus tard que d'habitude, en retard encore une fois sur un dossier de plans dont papa avait besoin. Il n'était pas là quand j'ai quitté l'agence, et je ne m'étonne pas – plus – de voir son numéro s'afficher alors que je tente de coucher mes deux aînés.

« Pascale. »

C'est lui, mais sa voix est différente, je la reconnais pourtant, cette voix. Celle du choc, du stress extrême et de la peur. Non. Non, je ne veux pas entendre la suite. *Post-traumatic stress disorder.*

« C'est Jen. »

Mon cœur s'est arrêté. Ma tête s'est embrumée. J'ai hurlé si fort pour faire bouclier au sort que je n'ai pas pu entendre la suite. J'ai dû le faire répéter.

Il ne sait pas grand-chose, juste que tu as chuté d'un étage, que tu as été opérée. Il parle de trauma crânien. De coma. Ton pronostic vital est engagé.

Tu te battais pour ta vie depuis vingt-quatre heures, et nous jouions aux architectes débordés. J'ai vomi en pleurant.

Il était trop tard pour attraper le dernier vol. Nous prendrions le premier du lendemain. Encore vingt-quatre heures avant de te voir, savoir, comprendre. L'attente est infernale. Je n'ai pas dormi.

Papa non plus. Margaux non plus.

Nous avons voyagé en silence, les yeux lourds de larmes et des tourbillons d'hypothèses dans la tête.

Non, je refuse. Je refuse que tu t'en ailles. Tu n'as pas le choix. Pour ta fille d'abord. Pour nous ensuite. Tout du long j'ai prié, je t'ai parlé, j'ai supplié maman, j'ai promis et échangé. Et puis, dans la descente vers Newark, j'ai décidé de te faire confiance.

Le taxi nous a déposés au pied de l'hôpital. Si près de toi et encore si loin : il a fallu attendre la vérification de nos identités et le feu vert pour franchir les portes du service des soins intensifs où tu te réveillais enfin. Il a fallu laisser nos bagages à la consigne, et parcourir au pas de course des couloirs sans fin, changer plusieurs fois d'ascenseur, et attendre qu'une infirmière vienne nous trouver aux portes d'un univers aseptisé et ultrasécurisé.

Elle nous a demandé de patienter encore un peu, quelqu'un allait venir nous parler. Nous voulions juste que tu saches que nous étions là, que tu allais pouvoir te reposer sur nous.

Nous ne pouvions imaginer ce que tu avais enduré, ni ce que nous allions voir.

You don't know until you know.

Un gars est sorti de ta chambre, s'est poliment présenté, on a compris à tort que c'était ton petit ami. Ça m'a rendue perplexe parce que tu ne m'avais rien raconté à son sujet.

On a compris, à raison, qu'il t'avait sauvé la vie.

Chez lui, vous aviez refait le monde après un dîner amical. Il était tard et ton bureau était proche de ce loft en rénovation dans lequel il venait d'emménager. Tu es restée dormir pour te faciliter le rush du lundi matin. Ta fille était chez son père.

Tu bois toujours beaucoup d'eau, et cette nuit-là n'a pas fait exception. Tu as voulu descendre te rafraîchir et tu as pris la voie directe : la structure du plateau, sur lequel tu étais montée t'allonger quelques heures, était prévue pour être bordée de dalles de verre qui n'étaient jamais arrivées. Dans l'obscurité de la nuit, somnolente, le vide t'a happée et tu t'es fracassée de la tête aux pieds sur le béton ciré. On nous a dit que ton crâne avait percuté une première fois la structure métallique, au début de ta chute, puis une deuxième fois le sol sombre et froid. Le son étouffé des chocs a alerté ton ami endormi. Il t'a trouvée étendue et inconsciente. Le sang-froid avec lequel il a appelé les pompiers et leur a indiqué avec clarté ton état t'a permis de garder la vie. Je me suis demandé si tu avais été visitée par maman ou un autre ange pendant que tu dansais avec la mort. Cela me rassurait sans doute d'imaginer que tu n'étais pas seule pendant ce temps.

Tu as été opérée pendant des heures, et l'hémorragie monumentale qui comprimait ton cerveau a été endiguée. Le reste attendrait, l'urgence était de sauver ta tête.

Nous ne saurons pas l'étendue des séquelles avant un moment, tu pourrais avoir perdu l'usage de tes membres inférieurs ainsi que de certaines, voire toutes tes capacités cognitives. Tu as trente-cinq ans, bordel.

Mais tu as, nous dit-on, fait un trait d'humour en te réveillant, ce qui est une excellente nouvelle.

Secoués par les dernières heures et toutes ces informations, nous pénétrons enfin dans ta chambre. Oh, ma chérie. Les larmes me montent encore aux yeux quand je revois ton visage tuméfié. Sous le bandage qui enserre ton crâne, cent quarante-huit agrafes assurent ta survie, et des moniteurs contrôlent tes fonctions vitales. Leur bruit est assourdissant. Tes paupières sont si gonflées que quand tu ouvres les yeux sur nous, on n'en voit plus le bleu magnifique. Pendant que papa, ému, s'approche de toi, je ressors et m'effondre au pied de ta porte. Assise sur le lino vert, je laisse les larmes jaillir. La réalité m'a rattrapée, j'ai eu si peur de te perdre.

Mais tu es là. Ton deuxième miracle. Tu as choisi la vie, ou peut-être que la vie t'a choisie, on s'en fout, l'important c'est que tu ne sois pas partie. L'important c'est qu'on soit là, maintenant, avec Margaux, autour de toi, et que tu nous souries.

L'important c'est qu'à mesure que les jours s'écoulent, tu fasses reculer le front de la douleur et des pronostics les plus alarmants. Même quand ils ont dû mettre en route le défibrillateur, tu as repris le contrôle de ton cœur avant qu'ils ne puissent s'en servir. Tu es comme ça, tu ne te laisses pas faire.

Nous nous sommes installés dans ton appartement, que nous avons retrouvé dans l'état dans lequel tu l'avais laissé en partant dîner quelques jours plus tôt. Tout y est si joli et choisi avec soin. Rien ici n'est posé au hasard, et chaque photo, dessin, bibelot, porte en lui un sens qui te meut. Ça me touche, cette profondeur que tu donnes aux choses.

De ces quinze premiers jours passés à t'accompagner pour reprendre vie, je garde un souvenir doux et lumineux, malgré un stress et une fatigue immenses et l'angoisse d'un avenir flou : nous étions à nouveau tous les quatre, papa, Margaux, toi et moi. On a fait le plein les uns des autres, en mesurant la chance que tu as eue, et nous avec. On s'est nourris de ces histoires qui n'appartiennent qu'à nous et on t'a transmis tout ce que nous avions d'énergie et d'optimisme. Toujours unis et reconnaissants.

Nous avons travaillé dur, avec l'aide de tes amis new-yorkais, ta famille de cœur, à orchestrer la suite de ta vie avec autant de soin que celui que tu prends à adopter ces objets qui meublent ton univers éclectique. Les aurores étaient dédiées à la France, parce qu'il fallait bien continuer à faire avancer les chantiers, les matinées s'organisaient autour de ton administratif – le nombre de papiers qu'il a fallu demander, remplir, signer – et le reste de la journée se déroulait à l'hôpital, à ton chevet, jusqu'à ce qu'on nous mette gentiment dehors, bien longtemps après les horaires de visite affichés. Cette routine nous donnait la tranquillité d'esprit d'être tout à toi dès lors que nous franchissions le seuil de ta chambre.

Quand il a fallu repartir, on venait de te changer de service et tes douleurs te faisaient souffrir le martyre. Te laisser a été un déchirement. Dans ces conditions, vivre si loin de toi paraissait encore plus insupportable.

Je te suis revenue, bien sûr. Tu devais rester sous surveillance, deux, trois et même quatre mois plus tard, une fois rentrée chez toi. On avait décidé de se relayer sur les six mois suivants, et avec Margaux nous faisions en sorte de nous croiser pour nous donner ce temps à trois qui nous est si cher. C'était dur de te voir en lutte contre les douleurs de ton corps atomisé et de ton cœur accablé devant l'étendue des dommages. Mais c'était si bon de nous retrouver à trois, puis en tête à tête.

Peu à peu, tu as réappris à te mettre debout, à marcher et à monter un escalier. Il t'a fallu te réapproprier les plus petits gestes, comme écrire ou rester concentrée.

Progressivement, tu as recouvré ton indépendance, ta vitalité et ton endurance, et nos visites se sont espacées.

Il t'aura fallu neuf mois pour renaître et revenir de l'enfer, et neuf autres pour que ta vie reprenne un semblant de normalité.

Toi, ma sœur, tu ne t'appelles pas Jennifer pour rien : tu portes en ton sein la magie des êtres bénis des dieux.

Margaux

Le téléphone de papa puis le mien sonnent très tard, ou très tôt dans la nuit. Je ne sais pas exactement, mais ils sonnent à une heure où seule une mauvaise nouvelle peut être au bout du fil.

Qui est-ce que ce sera, cette fois ?

« C'est ta sœur. Je n'ai pas tout compris, elle est tombée tête la première, trauma crânien, début d'hémorragie cérébrale, elle est encore "là", ils ont agi vite, mais il faut être auprès d'elle. »

Je ne me rends pas compte, je n'assimile pas vraiment. Ces mots ne me parlent pas, pourtant un départ précipité est rarement un bon présage : je m'attends au pire.

Mais mon imagination n'est pas assez grande pour anticiper ce qui nous attend.

Le vol se fait presque dans la légèreté, une appréhension, un mélange d'excitation de retrouver ma sœur, cette ville, et d'être en famille.

La peur monte lorsque nous posons le pied à l'aéroport de Newark, papa d'un côté, avec son passeport français, Pascale et moi de l'autre, avec nos passeports américains.

Là, subitement, être séparés de quelques mètres est déchirant.

10 février 2015. Taxi, direction l'hôpital de Brooklyn, Kings County.

On passe des portes, on se présente, on repasse des couloirs, dans cette odeur d'hôpital, dans cette lumière blafarde, je ne sais plus quelle heure il est avec le décalage horaire, et enfin une tête familière, *on la connaît celle-ci*, on se dit bonjour en chuchotant, on devine les mines boursouflées par les larmes et la fatigue, et moi je veux juste enlacer ma sœur, ma meilleure amie, celle à qui je peux tout dire, tout raconter, tout avouer, celle qui peut me faire aussi bien pleurer de rire que de vérité, celle qui m'apprend la magie, les anges, les signes, les énergies, le pouvoir, la subtilité, celle qui m'initie au style, le vrai, celui qui se fout des autres et qui en devient du chien, du talent, de l'œil, du goût.

Enfant, je lui disais parfois, dans la rue « Viens on fait comme si on était des copines et pas des sœurs » tellement j'étais fière d'être à ses côtés. Je voulais que les autres pensent qu'elle m'avait choisie, puisque les amis sont la famille que l'on décide. Celle qui mordait l'arrière de mon crâne comme son doudou, faisait semblant de corriger mes fautes d'orthographe pour en ajouter davantage aux missives que j'envoyais aux parents, parrain, marraine, qui venait me chercher à l'école et faisait du retour à la maison une aventure avec le goûter en récompense. Celle que j'ai voulu sauver d'un serpent en peluche d'une scène du *Petit Prince* qu'elle incarnait au théâtre car je la pensais réellement en danger. Celle que j'ai vue partir faire sa vie aux États-Unis, courageuse, écrire son histoire, suivre sa passion. S'écouter. S'écrire. Se dessiner.

C'est drôle, Jen, tu as culpabilisé d'être partie et de m'avoir laissée alors que je ne t'en ai jamais voulu. Je n'y avais jamais pensé ainsi. Je savais que j'étais dans ton cœur. Je savais que notre complicité grandirait malgré l'océan entre nous. Je n'ai pas eu peur que tu t'éloignes tellement nous étions fusionnelles. Je n'avais pas de place pour la rancœur ou la colère. Je trouvais fantastique que tu puisses m'offrir une autre maison de l'autre côté de l'Atlantique. De pouvoir dire que New York, c'était aussi chez moi. De t'imaginer te rapprocher de la moitié de nos racines. De te voir t'épanouir dans cet univers artistique pour lequel tu as un talent indéniable et une imagination miraculeuse.

Et tu vois, nous avons réussi. Tu as grandi là-bas, moi ici, et notre amour a eu toute la place de son ambition.

Je me souviendrai toujours d'une des premières nuits chez toi, dans ton premier appartement à New York : c'était un tout petit nid mais ton sens du détail, du pratique, ton œil aiguisé que j'admirais l'avaient rendu palace. Nous avions dormi ensemble et parlé jusqu'à très tard, et je me dis aujourd'hui, avec mon regard d'adulte sur ces souvenirs d'enfant, combien cela m'émeut de nous imaginer papoter, toi à vingt-deux ans, moi à onze, comme les meilleures amies du monde.

La vision de toi dans cette chambre, Jen, a été d'une violence hors du commun. Je ne t'ai pas reconnue. J'aurais aimé en rire en te comparant à cette poupée d'horreur, ressuscitée d'entre les morts, balafrée de cicatrices et dénommée Chucky, mais difficile de le tourner autrement : c'est vraiment à elle que tu ressemblais.

La moitié de la tête rasée, tuméfiée par le traumatisme crânien, le visage vert, violet et jaune, et des agrafes énormes – pas les petites agrafes de papeterie, non, vraiment des agrafes de bricolage – parcourant ton squelette et ta chair, sur le côté, de haut en bas. Tu as la tête enflée, boursouflée, tu ne peux ouvrir ni les yeux ni la bouche. Tu gémis. Tu fais des chutes de tension, tu peines tant à respirer que tu dois être assistée par une machine pour y arriver, tout comme pour faire battre ton cœur. On nous dit que tu as du mal à te nourrir, et que lorsque tu es assise tes nausées sont insupportables. Pourtant, on nous dit qu'il faut que l'on réussisse à te maintenir à angle droit pour que tu avales quelques bouchées. Il faut passer par là pour que tu guérisses, jour après jour. Il m'est confié la mission de te placer une poche de glace sur le crâne. Mais te toucher me terrorise. J'ai peur de te faire mal et de mal faire, j'ai peur de toi. Je redoute qu'il se passe quelque chose et de ne pas savoir comment réagir. Alors je refuse ce geste qui paraît pourtant si simple et pourrait t'apaiser, et sors de la chambre pour ne pas pleurer devant toi.

J'ai honte d'être une petite chose effrayée, démunie, j'ai honte de ne pas avoir le courage de prendre soin de toi. Tu es ma sœur, mon sang, mon ange, et tu as besoin de nous tous. Alors je reviens et je mets cette glace contre ton hématome, je te caresse du bout des doigts, je reprends confiance avec tout l'amour qui me submerge, – comment aimer sans s'inquiéter ? – et je te parle, et putain, merci d'être là, merci d'avoir survécu, merci de t'être accrochée, merci merci merci. On nous répète que c'était une question de minutes, tu as été sauvée in extremis, nous avons échappé au pire. Merci merci merci.

Nous ne savons pas combien de temps cela va prendre pour te remettre sur pieds, les médecins nous demandent une patience inouïe, il faut que tes hématomes se résorbent, que tu te remettes de la violence de ta chute et de ton opération : ils ont ouvert ton crâne pour le vider de son sang.

Alors nous attendons, et il te faut réapprendre à mâcher, avaler, t'asseoir, marcher, il faut tester sur la durée tes réflexes, s'assurer qu'il n'y aura pas de séquelles trop graves, irrémédiables. T'expliquer la gravité de la situation est une douleur à part entière ; tu as repris tes esprits petit à petit, et il a fallu te redire plusieurs fois où tu étais, pourquoi, et t'armer de patience, en plus de toutes ces armures tellement lourdes à porter, avant que tu puisses rentrer à la maison, ce que tu a réclamé dès lors que tu as pu reparler.

Il a fallu se battre aussi, parfois, pour que tu puisses avoir une chambre seule, autant que possible, pour que tu ne subisses pas les passages, les bruits, car le moindre son était une aiguille dans ton oreille, la moindre lumière transperçait tes yeux bleus. Il a fallu anticiper les claquements de portes, demander la faveur de te laisser dans la pénombre, de ne pas te brusquer, de ne pas s'impatienter ; toutes les infirmières ne connaissaient pas forcément ton dossier et il fallait canaliser les énergies aux antipodes de la tienne.

Tu souffrais terriblement. Je n'avais jamais vu quelqu'un avoir aussi mal. Ta scoliose s'est rappelée à toi. Ton corps n'était plus un abri mais un piège, et les doses d'antidouleurs étaient contrôlées pour ne pas t'endormir trop profondément. Tu as été jusqu'à me hurler dessus, tellement tu souffrais.

Papa et Pascale ont dû repartir en France, leur vie de famille et leur boulot étant aussi des forts à tenir pour eux. Je suis restée avec toi. J'avais vingt-quatre ans. J'ai pris des photos de toi et de ton corps mutilé pour le suivi médical, j'ai habité chez toi sans toi, je suis restée à ton chevet, je t'ai vue te lever, aller en rééducation, accueillir ta fille : elle ne t'avait pas vue depuis treize jours, c'était la première fois que vous étiez séparées aussi longtemps et, pour elle qui n'avait que six ans, c'était interminable. Vous deux si fusionnelles, dont la relation me fait penser à la nôtre, d'ailleurs.

Et je t'ai enfin vue rentrer chez toi. Je t'ai aidée à marcher, à t'habiller, à te nourrir. Je t'ai vue te relever avec une telle force, un tel courage, une telle élégance.

Avec ton accident, j'ai appris que maman était partie d'un choc crânien. Tu étais bouleversée d'imaginer un millième de ce qu'elle avait ressenti – mais elle n'a rien ressenti, elle au moins.

Tu es une miraculée. De là où elle est, elle t'a protégée. Tu t'es battue et je vous remercie toutes les deux aujourd'hui. Tu as été sauvée.

En te battant, tu me sauves aussi.

Jennifer

Comment ai-je fait pour me retrouver ici ? Dans quel pétrin me suis-je encore fourrée ? Ma vie m'a rattrapée. Elle m'a remis les idées en place. Tunnel. Course. Rayure. Recommencer. Erreur. Recommencer. Rien n'arrive par hasard. Cette leçon-là, je m'en souviendrai. Elle commence par « non, je ne peux pas mourir ; je n'ai pas encore vécu le grand amour, je n'ai pas encore vécu ma vie, ni donné tout l'amour que j'ai encore à donner, je ne suis qu'une pellicule à moitié développée, je dois continuer, vivre, même dans le noir, pour me révéler entière ». J'ai ressuscité. On me donne une deuxième chance. *Cette fois-ci, ne foire pas.*

Dans l'ombre des bandages, enchaînée au carcan de tuyaux et câbles lisant mes fonctions vitales, accablée par une douleur terrassante en arrière-fond, je ne sais pas où je suis. Mes cils collés ne laissent qu'entrevoir un filet de lumière froide. Je ne sais pas quel jour nous sommes. Peu importe. Je reviens de loin, je le sais. Qui suis-je ? Je ne sais pas. Peu importe.

Je sais seulement, encore habitée par son essence, que je reviens d'un voyage dont il ne me reste rien qu'un sentiment d'amour absolu, éternel. Je n'ai pas de mots, qu'un état d'être, celui d'être aimée sans condition et d'une force intersidérale, aussi fort, sinon plus, qu'un amour maternel pour son nourrisson. Cela me suffit. Je ne sais rien de ce qu'il reste de moi, ni de ce qu'il va falloir encore reconstruire. Peu importe. J'ai fait un vœu, il est exaucé. Miraculeux. Je renais. Je suis vivante. C'est l'essentiel.

« Attention, papa, accroche-toi ou tu risques de tomber. »

Je comprends, à vous entendre entrer dans la chambre d'hôpital, que je fais mal à voir. Cette douleur innommable qui me rappelle mon irrévocable finitude et l'arrêt soudain dans la course de ma vie est le prix à payer pour vous avoir près de moi encore un peu.

Sans vous, sans ma fille, sans mes amis et ma famille, je ne serais pas revenue au monde, plus déterminée que jamais. C'est vous qui m'avez insufflé la vie et l'envie d'encore.

C'est papa et ses récits rocambolesques à qui veut l'entendre, ses baisers qui piquent, ses impulsions généreuses, son amour maladroit, ce sont ses frères qui viennent le soutenir, me soutenir, c'est toi Pascale et ta présence cardinale, ton cœur sensible et impatient d'aimer et d'être aimé, ton âme fine comme une crêpe dentelle, ce sont nos voyages en famille, avec maris et enfants, c'est ton regard brut et ton goût de recevoir et rassembler, ce sont tes câlins rares et précieux, c'est ton chemin vers la guérison que je veux accompagner, c'est ta main sur ma joue gonflée et cette patience insoupçonnée, c'est toi Margaux et ta beauté éclatante, c'est ta soif de vivre et de créer, c'est ton œil et ta fragilité, ce sont nos rires à gorge déployée, c'est ton courage d'affronter ma douleur, ta main sur la mienne encore endormie, c'est ta future famille qu'il me tarde de rencontrer et ton ventre arrondi que je voudrais caresser.

C'est notre amour qui m'a donné la force de remonter la pente, jour après jour, reconnaissante de vous avoir pour boussole, et mesurant ma chance d'être votre sœur.

LES INSTANTANÉS

Nous

S'il y a bien quelque chose d'indispensable aux yeux de papa, et aux nôtres, ce sont ses clichés par milliers et tout ce qu'ils gardent en mémoire de nous et pour nous.

Oui, papa prend des photos de tout, à longueur de temps. Depuis toujours.

Enfants, puis ados, en plus des mille arrêts au bord de la route, « c'est pas beau ça », et des détours sans fin, « juste deux minutes », nous devions nous plier à ses directives artistiques, sermonnées par l'habituel « Arrête de faire l'andouille, sors du cadre si tu ne peux pas te tenir tranquille » livré avec agacement et réprobation lorsque nous prenions le risque de nuire à la beauté du moment tel qu'il le voyait. Autant de souvenirs chéris que de micro-blessures, confiés à la guérison du temps qui passe.

Fan absolu de son argentique qu'il emmène donc partout avec lui, précieusement protégé dans une lourde sacoche à la gabardine éternelle, il sélectionne méticuleusement les quelques diapositives qui seront développées sur papier photo brillant puis encadrées, ou soigneusement mises en page dans de grands albums aux feuilles Canson aussi noires que le cuir de leur couverture. Les albums s'accumulent aux quatre coins de l'appartement.

Les diapos qui n'avaient pas été élues à l'impression, collectionnées dans des boîtes grises empilées en tour d'argent, nous valaient alors de fréquentes séances de visionnage. Tout arrêter, et s'installer dans le noir des heures durant. Il fallait régulièrement s'exclamer et lâcher des interjections forcées, à intervalles semi-réguliers, pour lui donner sinon l'abscisse, du moins l'ordonnée de notre présence attentive et sincère.

Ce n'est pas que son œil manquât de grâce, non, il était doué et c'est un fait. Le plus souvent, le thème de la soirée qui nous retenait loin de nos devoirs d'écolières se voulait être l'étude d'immeubles à moitié finis et dont il était l'architecte. « Je suis prêt ! » hurle-t-il de derrière son rétroprojecteur. On peut compter un, deux, trois, quatre... paniers de diapos. On en aura pour deux heures, pas moins. *Merde*.

On s'évade alors en s'imaginant vivre dans ces espaces lumineux, béants et prometteurs projetés sur la toile géante déroulée pour l'occasion devant nous. Il faut bien avouer que, bercées par le défilement des images disposées stratégiquement et par une chaleur confortable émanant de l'appareil qui ronronnait au rythme des descriptions orales, nous rentrions dans une forme de semi-sommeil méditatif dont il fallait se sortir absolument, en rassemblant toutes nos forces, pour ne pas piquer du nez.

On commence toujours par l'extérieur de l'immeuble et ses alentours, histoire de planter le décor. Nous sommes dans le Sud. Très bien. Lyon, maintenant. Joli. Ensuite, il nous fait entrer au sein des parties communes. La boîte aux lettres, quel génie. Y avoir peint un avion, c'est fort ! « Oui, on aime beaucoup ! » Nous attendons impatiemment l'ascenseur qui ne déçoit jamais avec ses parois gravées et ses portes coulissantes habillées de bois exotique. La classe. Bravo papa ! Ensuite, les appartements s'enchaînent, tous similaires à eux-mêmes. Et là c'est vraiment dur, il faut tenir. Puis vient le temps des duplex avec terrasse. On s'évade ouvertement, les yeux grands ouverts, nous voyant y vivre un jour, rêvant déjà d'ailleurs. « Papa, c'est trop beau, pourquoi on déménage pas là ?! – Ce n'est pas pour nous, chérie. » Et puis nous quittons les lieux comme si le propriétaire fantôme pouvait débouler à tout moment et nous prendre en flagrant délit d'effraction. Alors nous continuons notre chemin, tristement, pour terminer invariablement par le garage à plusieurs niveaux. Le gouffre. Deux heures de clics, wow et oh, on n'en peut plus. De toute façon, personne ne l'écoute plus, sauf maman peut-être.

Les lumières rallumées, nous reprenons à reculons le chemin de nos bureaux où nos cahiers et leur encre ont séché. Il faut se frotter les yeux pour revenir au présent et se souvenir du subjonctif, il faut appuyer fort sur la plume pour en faire craquer le jus noir et reprendre le flot des mots arrêtés. Flottant encore dans cet ailleurs chaud et lumineux, fatiguées et démotivées, nous avons cependant le sentiment d'avoir rempli notre devoir de filles. C'est ça notre famille, après tout.

Occasionnellement, la tribu au sens large – oncles et tantes, cousins et cousines – sera rassemblée autour du champagne et petits fours, pour (re)découvrir les fêtes – un anniversaire ici, un Noël là – ou les terres parcourues ensemble, qui déroulaient alors à nouveau, sous nos yeux émerveillés…

Dans la tourmente, on peut oublier l'essentiel et pourtant c'est dans l'essentiel que tout se joue. C'est-à-dire que les petits riens, accumulés un à un et peu à peu, font la somme et la richesse d'une vie.

Un soir, alors que nous sommes déjà sortis de table, nous entendons papa préparer une séance et appeler maman du fond de l'appartement. « Non, que maman. »

L'interdit est le plus mystérieux des espaces, la curiosité est piquée : feindre de remonter le couloir, crac crac, s'accroupir derrière le piano et observer, curieuses, leurs visages complices et illuminés, des images qui n'appartiennent qu'à eux.

Ils sont beaux, souriant au mur éclairé de leur intimité et se souriant en retour.

On zoome et on découvre, éblouies de tant de beauté, deux êtres puissants à leur manière, triomphant sur la chape de plomb du quotidien, éclaboussés de lumière, complices et amoureux, fiers de leur couple, qui, bien dans ses pompes, complète notre histoire à tiroirs.

Épisode phare, un parmi mille, gardé au profond de nos cœurs et incrusté dans la rétine.

LA RÉVÉRENCE

Jennifer

La vie est drôle, quand même. Elle a ses surprises, c'est certain, mais elles ne sont pas toutes dramatiques. Comme par exemple la fois où je tombe nez à nez avec l'amour de ma vie. Quelques mois seulement après mon retour à la vie, je vois la vie en rose. Tout me paraît formidable, car tout est formidable ! C'est simple. Tout.

« On se voit ?
— Je repars demain en Angleterre.
— Ah. Tu es anglais ?
— Oui.
— Tu ne vis pas ici ?
— Non.
— Je t'épouse alors !! »

Un mois de flirt à distance et une visite suffisent à sceller notre destin. Nous avançons vers un futur amoureux, calme et doux. Cet amour naissant semble déjà vieux de plusieurs années. Avec lui, je continue de réécrire mon histoire. Avec lui, je continue de me libérer des poids qui ne m'appartiennent pas. C'est beau.

Hamish est arrivé la veille au soir, nous roucoulons tranquillement, lorsque mon téléphone sonne. C'est Martha. *Ce n'est pas le moment, Martha.*

Papa et Martha rentrent à peine d'un voyage en Nouvelle-Zélande. Nous nous étions vus brièvement avec papa et Hamish en juillet, juste avant leur départ. À son retour, j'avais reçu de papa un compte rendu rapide de leur périple, qu'il avait simplement qualifié de fatigant.

Elle rappelle. *Qu'est-ce qu'elle me veut ?*

« Allô Jen ? » À sa voix tremblotante, je sais déjà quel drame se dessine. Papa est mort. La carriole des montagnes russes reprend son tour, exactement là où je l'avais laissée quinze ans plus tôt. Le cœur dans l'estomac, je pousse lourdement la table loin de moi.

« C'est ton père. »

Aspirée par le néant, le vertige dans la bouche, je la supplie en silence, la tête entre les jambes. *Vas-y, crache ta Valda, Martha, dis-le : papa est mort.*

« Ton père est à l'hôpital.

— Il est mort ?

— Il a eu un accident. »

Je me relève.

« Il est vivant ?

— Il a fait un AVC.

— Donc il est vivant ?

— C'est grave. Les médecins ne sont pas positifs. »

AVC : jusqu'à présent, ces trois lettres n'avaient aucune résonance pour moi. Je savais vaguement à quoi elles faisaient référence, surtout une histoire de vieux qui ne nous concernait pas.

« Mais qu'est-ce que ça veut dire ? Que disent les médecins ? Explique ! Dis-moi ! Parle !

— Les médecins ne sont pas positifs. »

« Les médecins ne sont pas positifs. » C'est simple, non ? Soit il est vivant = positif, soit il est mort = négatif.

Elle reprend :

« Philippe est paralysé, Jen. Hémiplégique. »

La carriole s'engouffre dans une chute de plusieurs mètres. Je suis ceinturée au métal qui dégringole dans le vide, je plonge. Mon cerveau fait des ronds et des ronds comme un chien en cage, et mon instinct sort ses griffes pour m'accrocher à tout et n'importe quoi.

« Donc il est vivant ?

— Oui. Mais…

— Mais quoi ?! Quoi ? Qu'est-ce qui s'est passé ? Quoi ? Quand ? Comment ?! Explique, bordel ! »

Elle essaye de me raconter mais la pauvre a déjà pris de l'avance sur le chemin du désespoir et, depuis l'antre de la bête, je l'entends balbutier des mots qui ne veulent absolument rien dire. Bicyclette, agence, pire, téléphone, maison, hébété, bras ballants, hôpital, trop tard.

La panique est communicative, mais je n'en suis pas à mon premier rodéo.

Je raccroche. Je compose le numéro de Pascale. Pascale, elle, va savoir ce qu'il faut faire.

Oui, il faut rentrer. Oui, c'est grave. La carriole continue sa descente, de plus en plus lourde, m'entraînant avec elle, attirée par la gravité des changements de destin et le drame. Ce carcan de ferraille qui m'est si familier semble différent cette fois.

« Hamish, I have to go to Paris. It's my Dad.

— I am coming with you. »

Dans l'avion, je dévisage les nuages, la lumière et le zinc. J'attends d'y voir maman et tous mes copains de là-haut. Un signe ? Une explication ? Rien. Rien de clair en tout cas.

Uniquement le vrombissement du silence. Un espace-temps où, dans l'entre-deux, j'essaye de déchiffrer le chemin qui s'ouvre à nous et surtout de me préparer au pire.

Je regarde la face nord depuis mon ponton ballant. Elle semble insurmontable. Vaste étendue sans fin, surplombant à la verticale toute perspective de légèreté à venir. Je nous pensais sortis des bois, mais nous revoilà plongés dans la pénombre. À la différence que, cette fois, papa respire. C'est-à-dire que la force vitale circule encore dans son corps arrêté. Lumière. Espoir.

Ultime chance de se retrouver à brûle-pourpoint, autour du feu de nos pupilles tremblantes, de pouvoir se voir et échanger. C'est aussi l'ultime chance de demander au chanteur de revenir sur scène pour un « encore ». Allez ! Chante pour nous encore un peu, papa ! Laisse-nous te saluer, applaudir ta performance. Je sais que tu peux. Je sais, mieux que personne, que nous sommes chair et os, mais pas seulement. Tu te souviens, il y a deux ans tout juste, c'est toi qui accourais à mon chevet ? C'est toi qui craignais d'avoir perdu ce que tu connaissais de ta fille. Et moi, accrochée aux barreaux faits de fils et de tuyaux lisant mes fonctions vitales, je ne savais plus rien de rien. Seule la certitude que, plus présente que jamais, coulait dans mes veines l'essence de mon être, et qu'elle transcendait largement toutes les déchirures et crevasses de mon corps.

Tu respires, ton œil est encore allumé. C'est cette lumière que je vais suivre à travers cette nouvelle épreuve. Ne pas te lâcher du regard. Non. C'est toi qui vas me guider. Oui.

Je ferme la lucarne de l'avion, y cale mon écharpe pour y coller mon cou et trouver le sommeil. Je m'endors légèrement, de quoi ménager mes forces pour les jours à venir.

Dans la salle d'attente, j'attends. Les narines pleines de mémoire d'hôpital. Il n'y a pas si longtemps, j'habitais les mêmes lieux. Mon parrain et médecin de famille, qui avait suivi maman avant son accident, est là. Il affiche un air de componction aggravé. Il vient de voir papa. Des chuchotements. Margaux est là. Je ne suis pas la première à lui rendre visite. On tente de m'avertir du spectacle que je suis sur le point de découvrir mais je n'écoute plus personne. Je suis sous haute tension et dans une intense concentration, seule face à moi-même, telle une plongeuse en apnée avant de descendre dans les eaux profondes, prenant autant d'air mental que possible avant de retenir son souffle indéfiniment.

Mon tour vient.

Je pousse doucement la porte blanche qui m'ouvre à toi et ton nouveau toi. Je passe le seuil, tu es là, cloisonné, scellé à ton lit à barreaux, les yeux rivés sur le mur qui te fait face. Comme les roues tournent. Effet miroir, c'est moi maintenant qui suis de l'autre côté, debout, haute de ce qui me semble être une interminable hauteur, je me penche sur l'installation compliquée qui te retient prisonnier. Comme c'est injuste. Improbable même. Moi j'étais jeune, j'avais la rage de vivre, mais toi ? Toi tu arrives en bout de course et tu dois affronter « ça » ? *Fuck.*

J'étudie du coin de l'œil l'état des dégâts de ton corps défaillant.

Le souffle court.

Papa.

Pas de pitié. Non je n'irai pas, je ne te donnerai pas de pitié, que de l'amour et de la reconnaissance. Car je te vois, tu es là, même à moitié, tu es entier. Tu étais lion et te voilà comme un enfant mis au coin. C'est un retour à l'âge vulnérable, certes, et le compte à rebours est lancé, certes, mais ça, nous ne le savons pas. Enfin toi si, peut-être. Parce que dans tes yeux je lis ta peur et ta douleur, mais surtout la peur.

« Papa.

— Ma fille.

— Tout va bien aller, je te promets, papa.

— Ma fille. »

Sa voix n'est plus la même. Sa bouche ne s'ouvre que du côté gauche, ce qui produit un son difforme. La moitié de son visage aussi est paralysé. Sa respiration peine.

« Tu es là, papa, je te vois.

— Tu as vécu ça toi aussi. Tu sais ce que je sais. »

Je me tais. Non, je n'ai pas vécu « ça ». Je ne sais pas comment j'aurais fait à sa place, ni dans son état. J'accepte le mensonge pour lui donner du courage. Je lui souris.

« Seulement, je ne suis pas aussi courageux que toi. Je ne sais pas si je vais y arriver.

— Si papa, tu peux. Si j'ai pu le faire, toi aussi tu peux le faire. Tu vois, je suis là, papa, et je vais bien maintenant. Ça va aller. On va y arriver. »

La gorge me serre, l'envie de pleurer m'envahit. Je n'aime pas mentir. La tristesse me rattrape. Je ne peux plus y échapper. Je la ravale non sans peine mais cette salope fait planer son ombre sur nos deux visages arrêtés. Impossible de résister plus longtemps. Je m'accroche à son bras et lui me serre la main de ce qui lui reste de force depuis son membre encore vaillant. Nos âmes se regardent comme jamais auparavant. Interdites. Je le vois sous un nouveau jour, et lui, lui me regarde pour la première fois. Une larme indomptée, lourde et scintillante, pure et claire comme de l'eau bénite, vient s'écraser sur nos joues respectives, et scelle ce moment entre nous en guise d'extrême-onction.

Ce Noël je ne suis pas rentrée auprès de toi. À ce jour, il y aura deux Noëls sans ma famille. Il y aura eu le premier, après mon accident, que j'ai passé au Mexique chez des amis, suivi d'un voyage en solitaire. Une façon de me réapproprier ma vie.

Et puis le deuxième, après ton accident. Tu m'avais bien encouragée à ne pas venir, mais je n'aurais pas dû t'écouter. J'aurais dû savoir que tes jours étaient comptés, j'aurais dû tout plaquer pour être à tes côtés matin, midi et soir. Je savais que Margaux t'entourait d'amour infini, mais Martha ? Où était-elle ? Dans quel état névralgique était-elle ? Dans quelles profondeurs lugubres te traînait-elle ?

À l'hôpital, j'avais été témoin d'un échange qui me glace encore le dos. Elle n'était pas vraiment venue te rendre visite, elle était plutôt venue se plaindre, larmoyant sur son sort : qu'allait-elle devenir avec son mari dans cet état ?! Qui allait s'occuper d'elle ?! Elle avait raté sa vie, c'était certain. C'était trop dur, trop injuste. Et comment allait-il pouvoir lui offrir ce qu'il lui avait toujours promis ? Ce n'était pas avec son mi-temps à elle qu'ils allaient pouvoir vivre leur vie rêvée des anges, ça non. Ils ne pourraient plus voyager comme avant. Y avait-il pensé ? Sa carrière était ratée, elle n'aurait jamais le job de ses ambitions, pas comme Margaux, non, ne voyait-il pas que sa vie était dorénavant fichue ?

Et toi, mon pauvre, tu essayais de la rassurer, tant bien que mal, du bout de tes lèvres gercées, tu la suppliais à coups de « Martha arrête, s'il te plaît », et puis c'était tout, maintenant il fallait qu'elle s'en aille. Je compris qu'elle était sortie de la chambre sans te dire au revoir, sans t'embrasser, sans rien. Et toi tu lui as crié de revenir, « Martha ! Martha ! », mais rien. Elle était partie. Tu as soupiré lourdement, le poids du monde sur tes épaules cassées. J'étais prête à te réconforter ; je t'aurais apporté de la douceur, suggéré des idioties, on pourrait tous aller vivre dans les champs, on s'occuperait de toi, je t'aurais dit n'importe quoi pour que tu saches que tu n'étais pas seul face au gouffre dans lequel je te savais plongé, tu n'aurais à t'inquiéter de rien, rien, mais tu ne voulais rien entendre.

Tu étais sorti de l'hôpital pour les fêtes de Noël, et cela t'avait beaucoup fatigué, et sûrement ému. Tu avais versé une larme, c'était le début de ta nouvelle vie. Une introduction à ce qui allait t'attendre au quotidien, après les murs de l'hôpital. Avais-tu réussi à donner le change, à tromper les apparences, à soulager Martha de ses angoisses mortifères ? J'en doute. Je pense surtout que tu étais épuisé. Je pense surtout que tu savais que tu étais sur ta fin, que tu vivais tes derniers jours. Toi qui avais traversé la vie telle une étoile filante, tu savais. Tu savais que tu allais bientôt franchir le mur du son. Tu étais mort de trouille pour ça aussi. Tu n'étais pas certain de ce qui allait t'attendre de l'autre côté. En fait, tes convictions te menaient à penser qu'après la vie, il n'y avait simplement rien. Et ça, ma foi, je veux bien croire que ça foute la pétoche. Envisager sa dissolution, pour quelqu'un comme toi, homme d'envergure, doit forcément être anxiogène. Enfin, tu m'avais dit un jour que ta seule consolation était d'imaginer retrouver maman. Mais tu n'étais pas convaincu. Tu pensais surtout que la mort voulait dire redevenir poussière. Et tu avais du mal à accepter l'idée qu'un jour tu n'existerais plus.

Margaux

Papa, c'est l'évocation de mes pas exaltés de petite fille courant dans le couloir pour aller à sa rencontre dès lors que j'entendais son tour de clés (reconnaissable parmi tous les autres) dans la serrure de la porte d'entrée. Je prenais mon élan pour qu'il m'attrape et me fasse sauter le plus haut possible quand il rentrait de l'agence, le soir. C'est aussi l'évocation de ce qui l'émeut, de ce qui l'inspire, et surtout, l'évocation de maman. Il parle d'elle comme d'un tableau enchanté, les yeux rieurs, la voix fébrile, le cœur battant.

Avant son AVC, papa était impatient, colérique, soupe au lait, impulsif, il poussait des coups de gueule. Sensible aussi, hyper : il versait des larmes, beaucoup, pour exprimer ses émotions provoquées par la beauté, la vulnérabilité. Il sifflait d'une façon bien à lui pour imiter les oiseaux et aimait dire de grandes phrases sur l'amour, dont une en particulier : « Qu'est-ce que je l'aimais, votre mère. » Le dimanche, c'était poulet, petits pois à la menthe.

Et la semaine, quand j'habitais encore sous son toit, nous prenions le petit déjeuner ensemble, pain grillé beurre salé-confiture, en écoutant RTL. Quand il disait « Merde, je suis en retard » c'était que je l'étais aussi.

Papa se raclait la gorge lorsqu'il décrochait le téléphone et lorsqu'il était gêné. Il replaçait régulièrement sa mèche avec ses pattes d'ours, dont le majeur pointait souvent les choses pour nous les montrer, et nous embarrasser au passage.

Ses sourcils épais dansaient au-dessus de ses yeux verts rieurs et il s'inquiétait tout le temps pour nous.

Nous faisions Paris-Val-André-Paris en voiture, trajet pendant lequel nous refaisions le monde, apprenions à identifier les nuages, chantions à tue-tête sur nos chansons préférées. Je lui faisais découvrir les nouveautés, et lui me faisait découvrir les classiques. Là-bas, il aimait particulièrement passer la tondeuse manuelle à sept heures du matin et installer bruyamment son échelle contre le mur pour couper la vigne vierge au sécateur, faire grincer les volets pour huiler les joints et ainsi rythmer nos matinées par ses travaux manuels depuis le jardin. Lorsqu'il nous sommait de poser pour ses photos, et en réponse à nos moues boudeuses, il ne manquait jamais de nous répéter : « Vous verrez, vous serez bien contentes de les avoir, ces images ! » Ces mêmes images qui aujourd'hui remplissent des dizaines et des dizaines d'albums entiers que nous regardons avec tendresse, fierté et nostalgie.

Il avait parfois des coups de folie, d'égoïsme ou d'insouciance qui nous faisaient enrager et nous inquiétaient aussi, surtout. Mais ses conseils étaient sages. Son rire était communicatif, comme la tendresse qu'il laissait manuscrite sur des mots pudiques, pour un anniversaire, ou juste comme ça.

Il était curieux, il avait du goût, un œil aiguisé, il était passionné, gourmand. Son parfum, Eau Sauvage, se mélangeait à celui de sa mousse à raser Mennen et de sa lotion capillaire Pétrole Hahn. Sa montre fétiche, celle qu'il avait au poignet gauche et ne quittait presque jamais, lui avait été offerte par son père.

Il tenait systématiquement à écrire des cartes de vœux qu'il mettait un an à envoyer, ce qui était toujours troublant pour ses destinataires. Son écriture était graphique, comme ses dessins d'architecte, le tout au feutre noir, toujours. Le même feutre qui avait recouvert son carnet de deuil de tout l'amour irrévocable qu'il portait à maman, les remords qui le rongeaient, sa fragilité sur le fil, son chagrin d'amour, et tout ce qu'il avait voulu sauver, essayé comme il pouvait avec les armes qu'il avait. J'ai compris tout ce qu'il avait traversé. Touchée par ses écrits intimes, que j'avais lus à son insu, je lui avouai plus tard mon indiscrétion, ce qui renoua notre complicité.

Ironiquement, la vie faisant bien les choses, j'obtiens mon premier CDI. Une sécurité nouvelle qui m'est promise et qui m'apaise, un peu. Il était temps que je stabilise ma vie pour ne pouvoir compter que sur moi-même.

Je fais le choix de partager ma vie entre le bureau et l'hôpital où je rejoins papa tous les soirs et week-ends. Là, sous la lumière blanche et stérile de sa chambre, face aux photos de famille scotchées en guise de décor, je lui raconte ma journée, mes missions, ce que j'apprends, crée, pour qu'il ne perde pas une miette de celle que je deviens. Je veux qu'il sache que je ne l'abandonne pas. J'ai besoin de lui autant qu'il a besoin de moi. Mon père hémiplégique est redevenu un enfant dont il faut s'occuper. Souvent, je lui fais sa toilette, la lecture, je le nourris, le change et le couche.

Je lui partage ce que je vis, ce que je trouve beau, ce qui me fait penser à lui, ce qu'il aimerait découvrir et ce dont je suis fière : c'est ma façon de le rassurer.

Les lundis matin, j'attends la réunion éditoriale de toute l'équipe avec impatience. Je me sens fière d'en faire partie et, portée par son énergie, je découvre ce nouveau monde dans lequel j'espère m'épanouir.

Ma seule inquiétude : laisser papa seul. L'imaginer, lui si pudique, ne pas oser demander de l'aide, se faire mal, attendre que quelqu'un passe.

Reviennent à moi l'anxiété et la culpabilité lorsque je partais à l'école avec la boule au ventre de laisser, délaisser maman : dans quel état allais-je la retrouver ?

Ce lundi-là, à l'heure du déjeuner, j'ai rendez-vous chez ma dentiste, j'ai mal aux dents, et pour cause, j'ai deux caries sur le côté gauche. Une fois installée dans son fauteuil d'intervention, elle me pique la gencive pour m'anesthésier avant de me soigner.

La sensation au moment de porter le verre d'eau à mes lèvres pour me rincer la bouche est déstabilisante, désagréable. Ce n'est ni curieux ni drôle. J'ai du mal à boire, à parler. Sourire me gêne. Je réalise. Ma gorge se serre. Je pense à lui.

Je pense à papa qui, depuis des mois, connaît cette sensation sur tout le visage, sur tout le corps. Le côté gauche entièrement paralysé. La déglutition difficile – voire dangereuse –, la parole ralentie, la voix, l'intonation changée, tout est douloureux, particulièrement pour l'autre moitié qui compense.

Je sors mon portable en quittant le cabinet, pour lui écrire, ayant du mal à parler et espérant que quelqu'un puisse lui faire la lecture.

« Je sors de chez le dentiste et je viens de comprendre, à peine, ce que c'est que d'avoir la bouche à moitié endormie. Tu es vraiment fort, papa. Tu m'impressionnes. Je t'aime. À ce soir ! »

Ma journée au bureau suit son cours habituel, je récupère petit à petit les sensations, mon cœur s'allège.

Jusqu'à cet appel. Puis un autre. D'habitude, elle se contente d'un sms.

Mes doigts pèsent une tonne, je n'ai pas envie de décrocher, je sais, je sens que c'est grave.

À ses sanglots, je comprends.

« Margaux, *you need to come… your father…*

— Martha, dis-le, parle. Dis.

— … *Had a heart attack. He's in the coma.*

— …

— *We don't know what's going to happen.* Je suis avec le docteur. Est-ce que tu peux venir, s'il te plaît ? »

Quelque chose lâche en moi, à nouveau. Cette corde bien tendue qui me tient droite et vaillante vient de rompre. La sensation de chute est infinie, abyssale. J'en ai le souffle coupé et la nausée, pas d'emprise sur la gravité, mon cœur s'emballe et s'arrête à la fois, je suis prise de panique, de tristesse, de solitude devant mon bureau. Je voudrais hurler, disparaître, mais je ne peux pas.

Je ne dois pas.

Arriver à l'hôpital. Ne pas savoir où aller. Me sentir perdue. Seule. J'ai froid, j'ai peur, l'odeur me dégoûte, la lumière m'écœure, j'ai une migraine et des acouphènes. Je rêve que mes sœurs se téléportent, qu'elles sont déjà là, pour m'installer dans leurs bras et y rester toujours. Une tête familière s'il vous plaît, une odeur chaleureuse, le creux du cou de quelqu'un que j'aime. Mais les couloirs blancs, jaunes, verts, de l'hôpital sont les seuls guides, et je dois réapprendre à lire *réanimation*. Trouver le bureau du médecin. Frapper. Entrer. Dire bonjour. Parler d'une voix que je ne reconnais pas. Ma gorge est tellement nouée qu'elle me fait mal. Je m'effondre mais pas totalement : je dois encore réussir à joindre Pascale et Jen.

Pascale

« Tu viendras nous voir vite, n'est-ce pas, ne t'inquiète pas, je t'appelle », et je sens son regard suivre la file indienne que nous formons, avec mari et enfants, à reculons vers la douane. Je me retourne avant d'en franchir la frontière invisible, le ventre au bord des lèvres, si malade de tout quitter.

L'aérogare 2F de CDG est noir de monde. Je ne vois que lui. J'attrape l'image de son visage une dernière fois, il est sombre lui aussi, et lui envoie un baiser du creux de ma main en soutenant son regard avec douceur. Un frisson me retient encore un peu, je ne sais quoi en lui l'a déjà un peu quitté. Moi qui attendais cette fuite depuis si longtemps, je ne voulais pas, plus partir. Peut-être que ce que je lisais dans ses yeux n'était qu'une réponse inquiète à ce qu'il voyait au fond des miens : la triste et immense blessure enrageante des trahis de l'amour : mon couple bat sérieusement de l'aile, et il le sait. Il a une tendresse toute particulière pour Olivier, qu'il protège comme le fils qu'il n'a jamais eu de mes fracas impulsifs. Depuis maman, sa dépression puis son départ, nous nous sommes rapprochés, papa et moi. Il m'écoute et me guide d'une patience nouvelle. Il se met à poser son regard, qu'il permet doux et reconnaissant, sur nos traversées de vie, et nos échanges, de plus en plus profonds, de moins en moins filtrés, soutiennent nos rémissions respectives. Il n'a plus peur de dire ce qu'il porte en son cœur et d'accueillir ce qui agite le mien. Je peux lui faire confiance. Les coups de gueule n'ont pas disparu mais je n'ai plus peur, je sais le chemin exemplaire qu'il a parcouru pour se libérer de ses démons, se faire pardonner aussi et surtout. Il est aimant et aimé, et je vois comment la tendresse a pris le pas sur ses impatiences et comment la fureur noire qui ne le quittait pas s'est transformée en feu de joie, auprès duquel il fait bon se tourner. De telles métamorphoses forcent le respect. Et mon pardon.

C'était il y a six ans. C'était ce matin.

Des États-Unis où j'ai fait le choix de suivre mari, racines et rêves de meilleur, et où nous venons d'atterrir, j'entends des mots comme AVC, pompiers, Sainte-Anne, grave, traverser l'Atlantique portés par la voix tremblante de Margaux. Puis celle alarmée de Jen.

Ce matin, là, maintenant, tout de suite, j'assiste impuissante à l'effondrement de ma colonne vertébrale. Un sang étranger et froid ne cesse de me glacer les veines depuis.

Rassurer mes sœurs. Se renseigner. Attendre. Prioriser. Organiser. Je suis encore éreintée par ces heures suspendues, à guetter le moindre signe que la situation soit moins dramatique que celle qui défile dans mon imaginaire pessimiste.

Accueillir la nouvelle : il est stable, en vie. Alléluia.

Hémiplégie, troubles du langage, négligences spatiales : ça peut être temporaire. On ne sait pas.

Ce qu'on sait, c'est que la vie court encore en lui, mutilée, mais têtue et courageuse.

Pendant cinq mois, sous la bienveillante surveillance des infirmières de Sainte-Anne, elle se cogne aux coins tranchants des couloirs qui n'en finissent pas de tourner et de résonner de gémissements solitaires, et ignore ce qui l'attend, pour nous laisser le temps d'être.

À deux reprises j'ai pu lui rendre visite, prenant, pendant une trop courte semaine, la relève de Margaux qui jour après jour assure confort et réconfort. Avec Jen, nous avons décidé de nous relayer, comme nous l'avions fait lors de sa chute il y a quelques années. Elle est partie la première. Prendre le pouls, comme il dirait.

Insuffler de l'espoir avec son énergie stellaire, injecter les doses quotidiennes d'un savoir qui n'appartient qu'à ceux qui ont souffert les blessures de la chair et de l'âme. Elle connaît la douleur physique et l'alitement comme seul espace, elle sait que se rétablir, lorsque le corps a décidé de lâcher, signifie accoucher de soi-même. Sans péridurale.

J'ai honte de ne pas les accompagner l'une et l'autre et d'être si loin, occupée à toucher cette terre d'Amérique, attendue depuis si longtemps.

C'était ce matin, c'est maintenant aussi que tordue à son chevet je serre encore sa main, jaunie et tout juste tiède. Je ne pleure plus. Ce moment est à lui. J'entends cette inspiration rauque, dont je ne sais pas à ce moment qu'elle est la dernière, que la vie, sa vie, va le quitter et nous abandonner, par un glacial matin de janvier.

Il est beau.

Il n'est plus.

C'est fini.

C'était sans doute déjà fini il y a dix jours lorsque Margaux, à nouveau – pauvre amour –, m'a appelée pour me prévenir qu'il avait fait un arrêt cardiaque, et que le médecin a souhaité me parler pour indiquer qu'il valait mieux rentrer : le plus vite serait le mieux.

C'était sûrement déjà fini quand, paniquée, j'ai jeté une robe et des collants noirs dans un sac, au cas où, et survolé l'Atlantique une troisième fois depuis son accident vasculaire, le ventre retourné, le cœur déjà brisé mais figé dans un semblant d'espoir, celui que peut-être il s'en sortirait. Oui, c'était peut-être déjà fini quand j'ai retrouvé aux arrivées de CDG 1, café à la main, Jen – dont le vol atterrissait une heure après le mien –, et que nous avons roulé en silence, écrasées par la fatigue et la peur, vers l'hôpital Cochin.

Était-ce déjà fini quand nous avons traversé les sas de désinfection et les couloirs du service de réanimation cardiologique et que, broyées d'angoisse et d'impatience, nous avons pénétré dans sa chambre, le découvrant inerte, intubé et abîmé par les œdèmes, ou quand, à son chevet, les unes après les autres, on lui soufflait dans le creux de l'oreille notre amour, notre pardon, notre permission ?

La douleur est si cruelle. Dix jours sans dormir, sans manger, indissociables fantômes errant au sein de l'hôpital, incapables de nous éloigner de lui, de l'une et de l'autre, fusionnelles, tournoyant autour du précipice vertigineux, dix jours à repousser l'inévitable, tressant nos derniers moments de filles et préparant nos premières heures d'orphelines.

Papa est mort.

Nous sommes seules désormais. Unies par des chagrins immenses et de rares béatitudes.

Mes sœurs, mes chéries.

La ronde organique que nous dansons partage la chair des émotions et reflète les atomes lumineux de la vie et de la mort. C'était ce matin, c'est maintenant.

Ensemble, nous avons chanté et porté notre père vers sa dernière demeure, posé son beau cercueil sur celui décomposé de notre douce mère, jeté des renoncules blanches sur le berceau de leur nouvelle maison. Nous nous sommes serrées si fort l'une contre l'autre lorsque la stèle de granit, surmontée d'une lourde croix dessinée par ses soins, s'est refermée, si fracassante sur le caveau, que j'en ai gardé des traces bleuies à l'endroit de nos mains révoltées.

Ensemble nous avons parcouru ses tiroirs et classeurs en désordre, dépoussiéré des trésors oubliés, et regardé le contenu cristallisé de sa vie se disperser comme un cachet d'aspirine se dissout dans un fond d'eau.

Assommées par la peine, plaies béantes en mode automatique, nous avons retourné les pierres de nos vies, guidées par l'éclatante vérité qu'ensemble nous ne faisions qu'une. Une seule et même énergie, malléable mais résistante et déterminée à choisir le feu de la vie.

Et comme ces fleurs sauvages nées au creux de la roche de haute montagne ou ces rosiers traversant clôtures et palissades fermées au monde depuis d'autres temps, nous nous sommes faufilées dans les moindres interstices d'eau et de jour, tapissant progressivement l'austérité de petits bouquets doux et joyeusement colorés, dansant au gré du vent de nos absents. De nos trois mémoires, bercées par ce qu'il reste de leur lumière, nourries par le flambeau de leur poétique, et moulues à chacune de nos trajectoires en un seul terreau, a fleuri le lit du désir d'épingler sur nos trois poitrines, à l'image de cette broche-hommage à Jean Cocteau que maman chérissait tant, le soleil flamboyant de nos liens. Sous leur rayonnement, abreuvée de quelques orages, a éclos, au-delà d'une lignée de traditions réinventées et d'attentions renouvelées, la promesse de garder au monde les couleurs de notre chance d'être, en plus de sœurs de sang, des sœurs de cœur.

POÉSIE

Nous

Tout ce que l'on a peur d'oublier et qui se rappelle à soi en une fraction de seconde, toute l'essence d'une présence qui vient distiller son parfum en plein cœur : la magie des souvenirs accordés aux cinq sens. C'est rapide comme un éclair.

Nos parents nous ont appris à voir le beau partout : c'est comme ça que nous les faisons vivre encore un peu, et nous, beaucoup. Il y a des clins d'œil d'amour laissés par les absents et cette magie-là des retrouvailles.

Hier soir, au Val-André, j'ai arrosé le jardin. Comme nous le faisions avec papa. J'ai senti l'odeur de l'herbe humide, écouté le bruit des feuilles qui dansent sous les gouttes, comme un feu d'artifice en sourdine. Je l'ai presque senti là, près de moi. Ce n'était pas l'odeur d'un jardin tout juste arrosé, c'était l'odeur de ce moment à nous. Son parfum à lui aussi, doux et unique mélange d'eau de Cologne, d'after-shave, de crème solaire et d'Earl Grey. J'ai entendu sa voix, deviné son regard, et reconnu l'éclat de rire cristallin de maman, papillon, ceindre l'instant de sa présence.

REMERCIEMENTS

À tous ceux qui, depuis toujours, nous entourent, ainsi qu'à ceux qui nous ont accompagnées dans cette aventure, et permis à ce livre d'exister.

Cet ouvrage a été achevé d'imprimer sur Roto-Page
par l'Imprimerie Floch à Mayenne en avril 2025
pour le compte des éditions Grasset
61, rue des Saints-Pères, 75006 Paris
info@grasset.fr

Composition et mise en pages
Nord Compo à Villeneuve-d'Ascq

PAPIER CERTIFIÉ

Grasset s'engage pour l'environnement en réduisant l'empreinte carbone de ses livres. Celle de cet exemplaire est de :
350 g éq. CO_2
Rendez-vous sur www.grasset-durable.fr

N° d'édition : 23586– N° d'impression : 106601
Dépôt légal : mai 2025
Imprimé en France